中华魂

ZHONGHUA HUN

百部爱国故事丛书

向雷锋同志学习

——伟大的共产主义战士雷锋

王 俏 编著

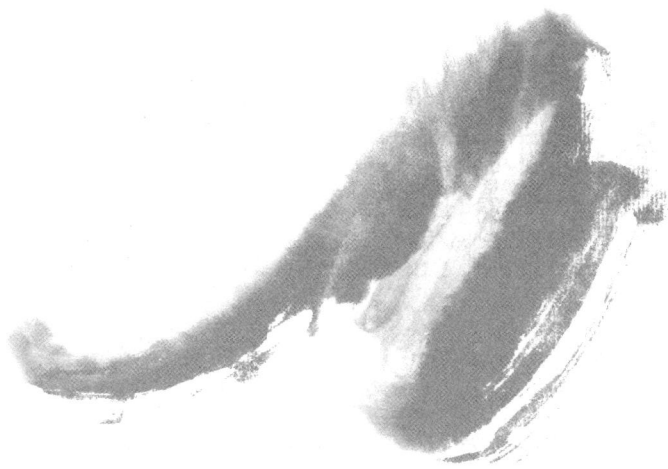

吉林人民出版社

图书在版编目（CIP）数据

向雷锋同志学习：伟大的共产主义战士雷锋／王俏
编著．－－长春：吉林人民出版社，2011.3（2021.8 重印）
（中华魂·百部爱国故事丛书）
ISBN 978-7-206-07547-6

Ⅰ．①向… Ⅱ．①王… Ⅲ．①革命故事－中国－当代
Ⅳ．① I247.8

中国版本图书馆 CIP 数据核字 (2011) 第 032620 号

向雷锋同志学习
——伟大的共产主义战士雷锋
XIANG LEIFENG TONGZHI XUEXI
——WEIDA DE GONGCHAN ZHUYI ZHANSHI LEIFENG

编　　著：王　俏
责任编辑：王一莉　　　　封面设计：孙浩瀚
制　　作：吉林人民出版社图文设计印务中心
吉林人民出版社出版 发行（长春市人民大街7548号　邮政编码：130022）
印　　刷：北京一鑫印务有限责任公司
开　　本：787mm×1092mm　　1/16
印　　张：8　　　　　字　数：64千字
标准书号：ISBN 978-7-206-07547-6
版　　次：2011年3月第1版　　印　次：2021年8月第2次印刷
定　　价：35.00 元

如发现印装质量问题，影响阅读，请与出版社联系调换。

总　序

　　《中华魂》是一套故事丛书。它汇集了我国自鸦片战争以来一百八十余年间的近百位民族英雄、仁人志士、革命领袖、先进模范人物的生动感人事迹，表现了他们作为中华儿女的伟大的爱国主义精神。

　　爱国主义是人们对于"生于斯、长于斯、衣食于斯"的祖国的一种神圣感情，是人们对于自己民族的一种强烈的责任感和使命感，是感召和激励整个中华民族的一面永不褪色的旗帜。在一百多年的中国近现代史上，爱国主义一直激励着中华儿女为祖国的独立、统一、进步和繁荣而英勇奋斗。从"苟利国家生死以，岂因祸福避趋之"的林则徐，到"我自横刀向天笑，去留肝胆两昆仑"的谭嗣同;从"铁肩担道义,妙手著文章"的李大钊,到"青春换得江山壮,碧血染将天地红"的赵一曼;从"县委书记的好榜样"的焦裕禄,到"问鼎长天,扬我国威"的邓稼先……都表现出了强烈的爱国主义精神。正是由于热爱祖国的人们前仆后继地奋斗,国家和民族才得以生存,才能够在一次次历史危急关头转危为安,走向兴盛和富强,从而屹立于世界民族之林。爱国主义是鼓舞中华儿女历经忧患、跨越沧桑、百折不挠、自强不息的伟大力量,它贯穿于中华民族的整个历史,并有力地凝聚着五洲四海的中国人。

爱国主义是一个历史的范畴,在社会发展的不同阶段、不同时期有不同的具体内容。革命时期,需要我们为祖国的独立自主出生入死;建设时期,需要我们为祖国的繁荣富强增砖添瓦。在全国各族人民团结一心,开启全面建设社会主义现代化国家新征程的今天,我们要争做一名新时期的爱国者。新时期的爱国者要有强烈的民族自尊心、自豪感。民族自尊心、自豪感是任何时期、任何爱国者都必须具备的情感。民族自尊心能增强我们自立向上的恒心,民族自豪感能树立我们建设祖国的信心。要树立"祖国高于一切"的崇高信念,为了祖国和人民的利益不惜抛却个人的利益,甚至不惜牺牲个人的生命。我们要树立终身学习的理念,拓宽自己的知识面,广泛吸收新知识、新技术,完善自身的知识结构,更新学习知识的方法与理念,从思想上、知识上充分武装自己,为祖国的繁荣昌盛贡献力量。

爱国主义思想的继承和发扬,是关系到民族盛衰、国家兴亡的根本问题。爱国主义思想情操的形成,需要不断地培养。培养爱国主义精神的一个重要途径是向英雄人物和典范事迹学习和致敬。这套丛书的出版,对于青少年向英雄和先进人物学习,特别是对于在中小学生中进行爱国主义教育是不可多得的生动的教材。祝愿此书出版发行成功,为培养时代新人做出贡献。

胡维革

中华魂

百部爱国故事丛书

编 委 会

策　划：　胡维革　　吴铁光

　　　　　林　巍　　冯子龙

主　编：　胡维革　　邢万生

副主编：　贾淑文　　杨九屹

编　委：（按姓氏笔画为序）

　　　　　于二辉　　刘士琳

　　　　　刘文辉　　孙建军

　　　　　李艳萍　　吴兰萍

　　　　　谷艳秋　　隋　军

向雷锋同志学习爱憎分明的阶级立场，言行一致的革命精神，公而忘私的共产主义风格，奋不顾身的无产阶级斗志。

——周恩来

目　录

中华**魂** 百部爱国故事丛书
ZHONGHUA HUN

伟大的共产主义战士——雷锋

雷锋（1940年—1962年）伟大的共产主义战士，原名正兴。1940年12月18日生于湖南望城县安庆乡（现在改名为"雷锋镇"）简家塘村一个普通的贫农家庭。7岁就成了孤儿，过着饥寒交迫的生活。新中国成立后，受到党和人民政府的亲切关怀，被送入学校读书。

1956年高小毕业后，在乡人民政府和中共望城县委会当通讯员和公务员，被评为"模范工作者"。

1957年2月加入共产主义青年团。参加根治沩水工程、团山湖农场和鞍钢等建设，多次被评为"劳动模范"和"先进生产者"。

1960年1月参加中国人民解放军，编入工程兵运输连。他立下誓言："我要坚决做到头可断、血可流，在敌人面前决不屈服、投降……把我可爱的青春献给祖国最壮丽的事业。"入伍后，他刻苦学习、努力改造世界观、苦练杀敌本领，以强烈的国家主人翁责任感，

自觉地为党分忧，经常想到国家和集体，克己奉公，把自己积存的钱全部支援人民公社和灾区人民。他在日记中写道："我要做一个有利于人民、有利于国家的人。"

1960年11月8日加入中国共产党，次年升任班长。他除完成本职工作外，还想方设法为党多做工作，经常利用节假日和休息时间做好事，助人为乐——"把有限的生命，投入到无限的为人民服务之中去"。他为集体和人民做了大量好事，在平凡的岗位上做出了不平凡的事迹。入伍不到3年，荣立二等功一次、三等功三次，被评为"节约标兵"和"模范共青团员"，并被选为抚顺市人民代表。

1962年8月15日因公殉职。

1963年1月7日，国防部命名其所在的班为"雷锋

向雷锋同志学习
——伟大的共产主义战士雷锋

班"。同年3月5日,《人民日报》
发表毛主席亲笔题词,号召全国
人民"向雷锋同志学习";周恩来
总理题词:"向雷锋同志学习爱憎
分明的阶级立场,言行一致的革
命精神,公而忘私的共产主义风
格,奋不顾身的无产阶级斗志。"

从此,全国广泛开展了学习雷锋的群众运动,涌现出
成千上万个雷锋式的先进人物。他的模范事迹和崇高
精神在全国产生了极大反响,影响了整整几代人。他
堪称是共产主义新型人格的代表,也是中国人民解放
军整体形象的一个缩影。他所承载的"全心全意为人
民服务"的精神是集体主义文化传统在新时期的发展。

雷锋名字的由来

1959年8月,鞍山钢铁公司派人到望城县招工,
雷锋得知这个消息后,征得县委领导的同意正式报名
了。填报名表时,他第一次在姓名栏写下"雷锋"两
个字。雷锋原名雷正兴,这大家都知道,但他为什么
要改名,知道的人就不多了,当时别人也很纳闷,他
说:"我现在想好了,决心到鞍钢去打个冲锋,'雷正
兴'是个孤儿的名字,现在有了共产党,我早已不是

孤儿了。"

在望城县县委机关工作时期的雷锋

那时雷锋的名字还叫雷正兴，16岁的他在成为公务员之后，简直把单位当成家一样。一开始，县委办公室只分配他负责打扫县委书记张兴玉的办公室、会议室的卫生和打开水。可是雷锋连同其他办公室和会议室的卫生和打开水全包了不算，还坚持天天打扫办公楼走廊的卫生。

后来雷锋的工作内容增加了，除了做卫生，还负责机关门卫工作，床铺就在招待所的传达室内。雷锋见到同事总是笑脸相迎，对谁都非常热情，机关里的

向雷锋同志学习
——伟大的共产主义战士雷锋

人都很喜欢他。据同
事钟光仁回忆："雷
锋笑起来还有两个小
酒窝，挺逗人喜爱
的。"

　　雷锋此时最向往
的是成为共产党员，
根据后来整理的关于
雷锋的材料中可以看到，雷锋几乎向县委机关的每一
个党员都咨询过怎样成为党员的事情。

　　雷锋很爱看政治理论方面的书籍，同时也喜欢看
英雄故事、文学名著。根据回忆材料，当时雷锋看的
书有：《怎样做一个共青团员》《毛泽东选集》《唯物主
义和经验批判主义》，还有《刘胡兰》《董存瑞》《黄继
光》《钢铁是怎样炼成的》《青年近卫军》《把一切献给
党》等等。值得一提的是，在20世纪50年代中期，
《毛泽东选集》发行不多，不像后来那么普及，一个县
也就只有那么一两套，而且通常只在县委书记张兴玉
那里。雷锋因为跟着县委书记做通讯员，得天独厚，
所以比较早地接触到了《毛泽东选集》，并且很认真地
读过，这使得他的政治觉悟比一些普通干部还要高。

在化工总厂洗煤车间时的雷锋

那时候，雷锋上下班总是穿着一套工厂发的劳动服和大头鞋，业余时间也还是这种打扮，同事们都劝他去买件流行的皮夹克，雷锋刚开始不同意，后来在几个女老乡的再三鼓动下，终于去商场里购置了平生最豪华的一整套新衣：一件棕黑色的天津公私合营华光皮件厂出品的"光荣花"牌皮夹克、一条深蓝色的料子裤、一双黑色皮鞋，还买了一瓶"友谊牌"雪花膏。在宿舍里，雷锋一穿上新衣服，形象大变，同事们赞不绝口，都说"现代化的工人就应该是这个样子！"

在夜校当兼职语文教师时的雷锋

那时的雷锋，脖子上围着五四青年式的围巾、手里拿着书卷、脚上穿的黑色皮鞋、嘴唇红红的，一幅浪漫文化人的造型。这似乎可以说明当时的雷锋是一个除了在思想上不落后，在衣着形象上也是颇赶潮流的新工人。

为人民做好事的雷锋

有关雷锋做好事的故事多少年来脍炙人口，他的名字成了做好事的象征。

从1961年开始，雷锋经常应邀去外地作报告，他出差机会多了，为人民服务的机会就多了，人们流传着这样一句话——"雷锋出差一千里，好事做了一火车"。

一

一次雷锋外出在沈阳站换车，从抚顺一上火车，他看到列车员很忙，就动手帮忙干了起来：擦地板、擦玻璃、收拾小桌子、给旅客倒水、帮助妇女抱孩子、给老年人找座位、接送背大行李包的旅客……这些事情做完了，他又拿出随身带的报纸，给不认识字的旅客念报宣传党的政策，一直忙到沈阳。到沈阳车站换车的时候，他发现检票口吵吵嚷嚷围了一群人，近前一看，原来是一个中年妇女没有车票，硬要上车，人越围越多把路都堵住了。

雷锋上前拉过那位大嫂说："你没有票，怎么硬要上车呢?"那大嫂急得满头汗地解释说:"同志,我不是没车票,我是从山东老家到吉林看我丈夫的,不知啥时候,把车票和钱都丢了。"雷锋听她说的是真情实话,就说:"别着急,跟我来。"他领着大嫂到售票处,用自己的津贴费买了一张车票,塞到她手里说:"快上车吧,车快开了。"那大嫂说:"同志,你叫什么名字,哪个单位的,我好给你把钱寄去?"雷锋笑道:"我叫解放军,就住在中国,"就转身走了。那位大嫂走上车厢还感动得眼泪汪汪地向他招手。

二

雷锋从安东回来,又在沈阳转车。他背起背包,过地下道时,看见一位白发苍苍的老大娘拄着棍,还背了个大包袱,很吃力地一步步迈着。雷锋走上前去问道:"大娘,你到哪去?"老人上气不接下气地说:"俺从关内来,到抚顺去看儿子呀!"雷锋一听跟自己同路,立刻把大包袱接过来,手扶着老人说:"走,大娘,我送你到抚顺。"老人高兴地一口一个好孩子地夸他。

进了车厢他给大娘找了座位,自己就站在旁边,掏出刚买来的面包,塞了一个在大娘手里。老大娘往外推着说:"孩子,俺不饿,你吃吧!""别客气,大

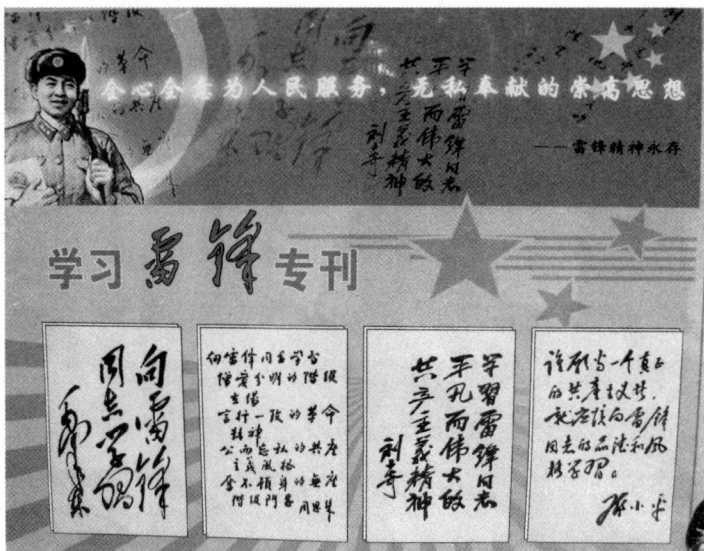

娘，吃吧！先垫垫饥。""孩子，孩子"这亲热的称呼，给了雷锋很大的感触，他觉得就像母亲叫着自己小名似的那样亲切。他在老人身边，和老人唠开了家常，老人说，他儿子是工人，出来好几年了，她是第一次来，还不知道住在什么地方哩！说着掏出一封信，雷锋接过一看，上面的地址他也不知道，但他知道老人找儿子的急切心情，就说："大娘，你放心，我一定帮助你找到他。"

雷锋说到做到，到了抚顺背起老人的包袱，搀扶着老人，东打听西打听，找了两个多小时，才找到老人的儿子。

三

　　6月的一天，雷锋冒雨要去沈阳，他为了赶早车，早晨5点多就起来，带了几个馒头就披上雨衣上路了。路上看见一位妇女背着一个小孩，手还领着一个小女孩也正艰难地向车站走去。雷锋脱下身上的雨衣披在大嫂身上，又抱起小女孩陪他们一起来到车站。上车后，雷锋见小女孩冷得发颤，又把自己的贴身线衣脱下来给她穿上，雷锋估计她早上也没吃饭，就把自己带的馒头给她们吃。火车到了沈阳，天还在下雨，雷锋又一直把她们送到家里。那位妇女感激地说："同志，我可怎么感谢你呀！"

　　过年的时候，战友们愉快地在一起搞各种文娱活动。雷锋和大家在俱乐部打了一阵乒乓球，但想到每逢年节，服务和运输部门是最忙的时候，这些地方是多么需要人帮忙啊！他放下球拍，叫上同班的几个同志，一起请假后直奔附近的瓢儿屯车站，这个帮着打扫候车室，那个给旅客倒水，雷锋把全班都带动起来了。

四

雷锋关心群众是一贯的，有一天，他正在部队驻地附近擦洗汽车，突然阴云聚拢下起

了雨，他连忙拉开帆布盖车，一抬头，发现公路上有个妇女带着两个孩子，怀里抱着个小的、手里拉着个大的、肩上还背着个包袱，"叽叽叽叽"蹚着泥水，在大雨中吃力地走着。雷锋跳下车来，迎上前去一打听，原来她姓纪，从哈尔滨来，要到樟子沟去。她发愁地说："兄弟呀，叫雨浇得，我都迷糊了，往哪走是正路呢？"雷锋听了，看看她背这么大的包，还带两个孩子，天又快黑了，下着这么大的雨，怎么走呀！就说："大嫂，你在这里等等。"他连忙跑回宿舍，拿来了自己的雨衣给纪大嫂披上，接过孩子来替她抱着，冒着

风雨送她们回家。

一路上，那孩子冷得直打哆嗦，雷锋又脱下了自己的衣服给孩子穿上，一直走了将近两个小时，才把她们送到家。纪大嫂感激地说："兄弟，我一辈子也忘不了你的情意啊！"雷锋说："军民是一家，何必说这个！"

风还在刮，雨还在下，天也黑了，纪大嫂和家里人再三劝他住下，等明天天晴了再走。雷锋想：刮风下雨算什么，一定得赶回部队，明天还要照常出车呢！就辞别了他们，又浑身湿淋淋地冒着风雨连夜跑了回来。

五

一次，雷锋跟张书记去下乡，一边走一边聊天，走着走着，雷锋觉得脚下被一个什么东西绊了一下，他低头一看，原来是一颗生了锈的螺丝钉，便一脚踢到了路边。张书记问：

"你踢的是什么?"雷锋说:"是一颗破螺丝钉。"张书记听了,一声不响,从草丛里捡起那颗螺丝钉,用手帕把螺丝钉擦干净,装进了上衣口袋,雷锋觉得很奇怪。过了几天,雷锋跟着张书记到县机械厂开现场会,在机械厂,张书记问厂长:"如果这机床上少了一颗螺丝钉,机床还会转动吗?"厂长说:"那就要出毛病了!"聪明的雷锋这时已经明白县委书记为什么要捡那颗小小的螺丝钉了,只见张书记从口袋里掏出那颗螺丝钉郑重其事地交给了厂长。在回来的路上,张书记说:"雷锋,你瞧,一个小小的螺丝钉,机器上少了它可不行!革命也是这样,我们这些人就是大大小小的螺丝钉,缺了谁都不行,就像你这个公务员,别看职务不高,我们的工作缺了你也不行,所以,党把我们放在哪里，就要在哪里起作用，同时，我们国家的底子还薄，处处要艰苦奋斗，一颗螺丝钉也不能浪费，积少成多啊！"

六

一天，在电影院里，电影还没开演，一个姓贾的小学生发现前排座位上有个解放军叔叔正在聚精会神地看书，觉得挺奇怪：电影马上就要开演了，怎么还在看书？小学生探头一看，原来是雷锋叔叔——雷锋是他们学校的校外辅导员。"雷锋叔叔，这么一点时间，你还看书啊？"小学生非常好奇地问。雷锋说："时间短吗？我已经看了三四页了。时间短，可是看一页算一页，积少成多嘛！学习，不抓紧时间不行啊！"

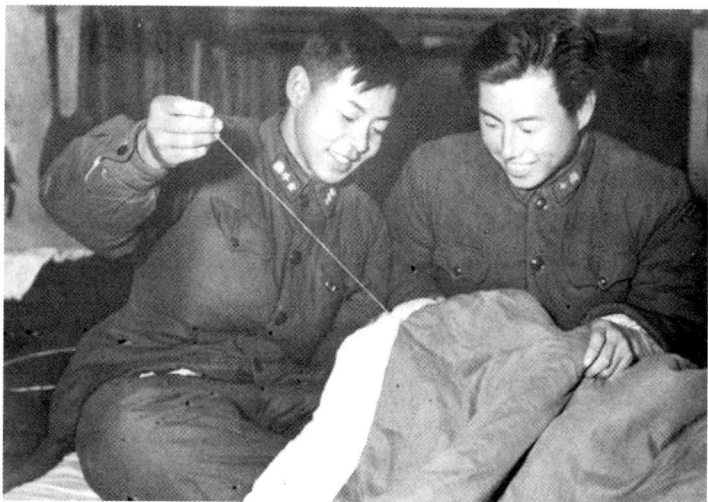

向雷锋同志学习
——伟大的共产主义战士雷锋

雷锋给战友缝被

雷锋问小贾："你对学
习抓得紧吗？"小贾不
好意思地答道："不
紧！"雷锋亲切地说：
"不抓紧可不好，你们
在学校里学习，太幸
福了，一定要认真地
学。"

语文新课标必读丛书
Zhong Wai Jingdian yuedu shuxi
中外经典阅读书系

雷锋的故事
LeiFeng De GuShi

七

1960年夏天的一个星期天，忙了一个礼拜的战士
们有的上街买东西、逛公园；有的看书、写信、洗衣
服。战士小于见雷锋吃完早饭趴在床上看报，以为他
又要学习了，就一把夺过雷锋手里的报纸，说："起
来，跟我上公园转转去，今天禁止你学习！"雷锋这天
肚子疼，没有跟小于上街，他想：今天夜里还要出车
呢，肚子老疼怎么办？就跑到团部卫生连去看病。值
班军医给他看了看，开了一些药，说："你是夜里着凉
了，回去用暖水袋焐一焐肚子，好好休息一天就好
了。"雷锋从卫生连出来，走到半路，看到一个建筑工
地上，工人们干得热火朝天，正在开展劳动竞赛，大
喇叭里放着歌曲《社会主义好》，推车的、挑担的，来

来往往。雷锋近前一看，一块木牌上写着"抚顺市第二建筑公司本溪路小学建筑工地"，雷锋心想：真不简单，不久前这里还是一片荒地，马上就要变成一所小学了。他突然听大喇叭里喊："运砖的同志们注意！砌砖组的同志大显身手，砌砖速度打破了昨天的纪录，运砖组的同志加油呀！"雷锋听了情不自禁地把衣袖一挽，朝工地飞奔过去。

在一个烧水棚旁边放着几辆空车，雷锋推起一辆就走，烧水的老师傅见了，忙喊道："哎，同志！你推车干什么？"雷锋回头说："老大爷，我借这车用一用。"老大爷说："我们的车不外借。"雷锋笑了笑，说："老大爷，我就在这儿用。"老大爷才明白，这个解放军要帮忙干活，说："怎么，你要帮咱们工地推砖啊？"雷锋说："今天我没事，闲着也是闲着。"说完，推起车就飞快地跑了。雷锋一连推了几车砖，身上出了汗，他把军装脱了下来搭在车把上，越干越欢。工人们都好奇地看着他，有的说："同志，谁叫你来干活的？"雷锋笑了笑说："是你们把我吸引来的呀！""我们？""是呀！你们星期天也不休息盖小学，今天我也没事……"说着，他又推着车走了。雷锋一边推砖一边想：自己小时候上不了学，现在国家这样关心少年儿童，给他们创造这样好的学习条件。雷锋一鼓作气

不知推了多少趟，汗水湿透了背心，那位老师傅给他端来一碗水，雷锋一饮而尽，喝完又推起了小推车。雷锋正干的起劲，工地上的女广播员跑了过来，问雷锋："解放军同志，

你是哪个部队的？叫什么名字？"雷锋刚要开口回答，见那女广播员打开笔记本，忙说："你问这个干什么？""你来参加劳动，给我们很大鼓舞，大家要求我写篇表扬稿表扬你。"雷锋说："这有啥表扬的？我今天没事，到这儿干点活，这是应该的。"女广播员还不放过雷锋，说："同志，如果你的名字不保密，就……"雷锋说："你要写稿表扬我，我只好保密了。""那你说说为什么参加义务劳动吧！""为什么？为社会主义添砖加瓦呗！"雷锋回到营房后，对参加义务劳动的事一字未提，可是，过了一会，一支队伍敲锣打鼓来到了部队驻地，连长和指导员一看，队伍前面几个人抬着一块大匾，上面写着"向雷锋同志学习"，才知道雷锋又做了一件好事。

八

孩子们学雷锋做好事，曾受到一些人在背后非议。不少同学不解，问雷锋为什么做好事这么难？雷锋朴实地说："做好事就不要计较别人说什么，只要对人民有益，就应该坚持做下去。"

雷锋就是选择永不停息地、全心全意地为人民做好事，难怪人们一见到为人民做好事的人就想起雷锋。

苦尽欲甘来的雷锋

雷锋身高、体重均不符合征兵条件，因素质过硬和有经验技术被破例批准入伍。他在新中国成立后走上一条由儿童团长、政府公务员、农场拖拉机手、工人到解放军汽车兵的道路。

亲　人

祖父雷新庭

多年靠种地主10亩田勉强维持一家半饱的生活，在高地租、高利贷和苛捐杂税的剥削下得了重病。雷锋3岁那年冬天，地主逼雷新庭一定要在年关前还清

雷锋纪念馆门前雕像

租债，雷新庭年关时节含恨去世。

父亲雷明亮

参加过毛主席领导的湖南农民运动，当过自卫队长。1938年被抓走，遭到国民党的毒打，造成内伤残疾，回到家乡后边养病边种地勉强度日。1944年又遭到日寇毒打，伤势更加严重，翌年秋天离开人世。

母亲张元潢

出生在一个铁匠家里，十几岁后被送到雷家做了童养媳。成婚后辛苦操持一家人的生活，公爹、丈夫、大儿子、小儿子相继辞世后生活日益艰难，在受到地主的凌辱及逼害之后，于1947年中秋之夜悬梁自尽。

哥哥雷正德

12岁时外出当了童工，在繁重劳动的折磨下得了童子痨（肺结核）。一天，他突然昏倒在机器旁，轧伤了胳膊和手指，被解雇后又到一家印染作坊当了童工，由于劳累过度，肺病加重，又无钱医治，没

几天就病重致死。

藏着难忘伤痕的雷锋

雷锋在不满7岁时就
成了孤儿，本家的六叔奶
奶收养了他。他为了帮助
六叔奶奶家，常常去上山
砍柴，可是，当地的柴山
都被有钱人家霸占了，不
许穷人去砍。雷锋有一天到蛇形山砍柴，被徐家地主
婆看见了，这个地主婆指着雷锋破口大骂，并抢走了
柴刀，雷锋哭喊着要夺回砍柴刀，那地主婆竟举起刀
在雷锋的左手背上边连砍3刀，鲜血顺着手指滴落在
山路上……

刻苦训练的雷锋

1960年1月8日，雷锋和新战士们一起乘火车来到
营口车站。这时，月台上锣鼓喧天，口号阵阵，新战
士一走下火车，团首长和老战士们就立刻迎上来，热
情握手，问寒问暖，争抢背包……

雷锋被编入运输连手工艺新兵排，不久军事训练
便开始了。

雷锋所在班的班长是个扎实、苦干的战士，他看雷锋个子小，力气不足，担心他的训练成绩，在开班务会议的时候，他提醒雷锋说："小雷呀，咱们革命战士最讲互相帮助，你有什么困难可得吱声，别闷着。"雷锋高兴地回答："放心吧，班长，我什么困难也不怕。"

真叫班长猜着了，练习投手榴弹，人家膀大腰圆的新战士只要抓起教练弹，跑上几步，一撒手，教练弹就像燕子似的，打着旋儿飞得老远老远，可是，教练弹抓在雷锋手里，就有点沉重了。几天来，他费尽了力气，投一次，不及格，再投一次，还是不及格。班长再三向他传授动作要领，他左体会右琢磨，整整练了一上午，胳膊甩得生疼，还是个不及格。

中午，他回到宿舍，心里十分不安，屋子里并不热，他额头上还是腾腾直冒汗。他想："一个人不及格，就影响全班的成绩，当一名国防战士，连个手榴弹都投不好，像话吗？"他决定加倍苦练，把一切休息时间都搭上，达不到标准，决不罢休！他一个人投来投去，一连投了几天，结果不但没有进步，反而越投越近了。这可真叫雷锋急得觉也睡不好，饭也吃不香。

从班长的传授中，在大家的帮助下，他懂得投弹投得远，全凭臂力。因此，他投一会儿手榴弹，就练一会儿单杠，手握铁杠，刺骨冰凉，管它呢，他咬咬牙，练！练！练！直到双手磨得再也抓不住杠子了，这才抄起手来暖一暖。他的衬衣被汗水浸透了，北风吹来，寒意沁入骨髓，他都不在乎。

实弹投掷的时候，新战士们集合在靶场上，按照命令，一个接着一个，掀开手榴弹盖，投进假设的敌人碉堡。

"雷锋就位！"指导员发出命令了。

雷锋的心呀忍不住"咚咚"乱跳，班长最了解新战士的心情，急忙跑过来叮嘱说："可别慌，沉住气，保准成功！"指导员呢，也投来鼓励的目光，好像说："小伙子，勇敢些，功夫是不会白练的啊！"

雷锋答应一声，拧开手榴弹盖，把小铁环套在指头上，纵身一跃，跳出了战壕，冲过一段开阔地，猛力一甩，只听"轰"的一声，手榴弹恰好投进了"敌人"的碉堡，得了个"优秀"。

靶场上所有的人都为他祝贺，他兴奋地咧着嘴笑了，他是多么高兴啊！多少天的苦练，终于得到了满意的成果。

爱学习的雷锋

《雷锋日记》当年曾印刷过数千万本，里面的许多警句教育了全国几代人。毛泽东看过也称赞"此人懂些哲学"。一个只有小学文化的苦孩子能有这样的思想和文字水平，关键在于他多年刻苦学习。在湖南团山湖农场时，雷锋学习写诗；在鞍钢时，他努力学习毛泽东著作。在部队里，他是汽车兵，平时很难抽出时间，于是，雷锋就把书装在随身的挎包里，只要车一停，他就坐在驾驶室里看书。《钢铁是怎样炼成的》一书主人公保尔的话，他都能背出来。他曾说过："钉子有两个长处：一个是挤劲，一个是钻劲。我们在学习上也要提倡这种'钉子精神'。"除了学习外，他还积极钻研驾驶技术，部队缺少教练车，他就带领大家做了一个

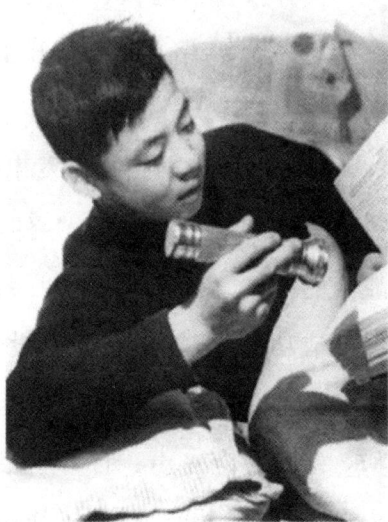

汽车驾驶台，并被大家一致推举为技术学习小组长。

国人歌颂的雷锋

普通的一名战士，生活在中国人民解放军的队伍中，人人都记得毛泽东提出的"向雷锋同志学习"的号召。这位解放军的普通战士，在党的培养下成长为全国人民的好榜样，他身上的魅力不仅是共产主义精神的体现，同时也是对中华民族传统美德的最好诠释。

董必武于一九六三年二月作诗歌颂雷锋

有众读毛选，雷锋特认真。

不唯明字句，而且得精神。

阶级观清楚，劳动念朴纯。

螺丝钉不锈，历史色常新。

只做平凡事，皆成巨丽珍。

走过坎坷路的雷锋

立志参军

1949年8月，中国人民解放军路过雷锋的家乡，雷锋看见宿营的队伍一住下来便向老乡问寒问暖，还帮助老乡挑水、扫地、买柴买菜按价付钱，不拿群众的一针一线，就从心底萌生了要参军的愿望。雷锋找到部队的连长，坚决要当兵，当连长得知他苦难的身世后告诉他还小，等长大了才能当兵，并把一支钢笔送给了他，鼓励他要好好学习，长大了才能保卫和建设中国。

参加儿童团

1950年，乡里成立了农民协会，进行了土地改革，雷锋积极投入了这场运动，当了儿童团长。站岗、放哨、巡逻、防止敌人破坏，他还学会了说快板、搞宣传。

学生时代

1950年夏天，乡政府保送孤儿雷锋免费读书。

1956年夏天，雷锋从荷叶坝小学毕业，几年里，雷锋克服困难、勤奋学习、帮助落后的同学、爱护集体的粮食，并与破坏分子作斗争，受到学校老师、同学和乡亲们的一致好评。在毕业典礼上，他上台发言，毅然要求留在农村，为建设社会主义新农村贡献自己微薄的力量。

走上工作岗位

1956年9月，雷锋在乡政府做通信员，11月，年满16岁的雷锋被推荐到望城县委做公务员。1957年，雷锋光荣的被评为"机关模范工作者"。

1958年春天，雷锋来到团山湖农场当了一名拖拉

机手。

1958 年 9 月，雷锋来到鞍钢做了一名 C—80 推土机手。

1959 年 8 月，雷锋来到弓长岭焦化厂参加基础建设。第二年夏季的一天，他带领伙伴们冒雨奋战，保住了 7200 袋水泥免受损失，《辽阳日报》报道了雷锋抢救水泥的事，赞扬他舍己为人的事迹。

雷锋在鞍山和焦化厂工作了一年零两个月，曾 3 次被评为"先进工作者"，5 次被评为"标兵"，18 次被评为"红旗手"，荣获"青年社会主义建设积极分子"称号。

参加人民解放军

1959 年 12 月初，新一年的征兵工作已经开始，雷锋迫切要求参加中国人民解放军，但鉴于焦化厂的征兵名额有限，且雷锋在工地的表现十分突出，领导也舍不得放他走，就不同意他报名。这可急坏了雷锋，他跑了几十里路，来到辽阳市人民武装部向余政委讲起自己的经历，表明他参军的志愿和决心。

武装部的余政委和工程兵派来接兵的领导专门研究了雷锋的入伍问题，认为他是苦孩子出身，经过实际工作的锻炼，政治素质好、入伍动机明确，虽然身高1.54米、体重不足55公斤，身体条件差些，但他在农场开过拖拉机，在工厂开过推土机，多次被评为"社会主义建设积极分子"和"先进工作者"，相信他入伍会成长得更快，最后决定批准雷锋入伍。

1960年1月8日，雷锋领到了入伍通知书，随新兵一同由辽阳来到驻地营口市。雷锋所在团是有着光荣战争历史的部队，他决心以实际行动发扬优良传统。

开饭时，他主动给大伙读报，宣传党的政策；休息时，他教大家唱歌。雷锋在这个大家庭里感受到无比的温暖。

后来居上

新兵训练结束后，雷锋被分到运输连当汽车兵，"服从革命需要，

革命需要我去烧木炭，我就去做张思德；革命需要我去堵枪眼，我就去做黄继光。"这是雷锋向组织上表明的态度。

雷锋性格开朗，平时很活跃，教唱歌、办墙报、说快板样样都行，上级领导安排他参加战士演出队，他就起早贪黑地背台词，后来雷锋考虑到自己的湖南口音与大家的普通话不协调，他宁可自己不上，而集中精力为演出做好后勤工作。大家虽没有看到雷锋的表演，但台上的每一个节目都饱含着雷锋的辛勤劳动和他那处处关心集体、一切服从工作需要的精神。

雷锋回到运输连后，便又投入到紧张的学习驾驶技术之中去。5月份，雷锋成为一名合格的驾驶员，被分到2排4班，交给他一台13号车上了建设工地。

钉子精神

无论施工任务多忙，雷锋总能挤出时间学习。他在日记中写下这样一段话："有些人说工作忙，没时间学习，我认为问题不在工作忙，而在于你愿不愿意学习，会不会挤时间。要学习的时间是有的，问题是我们善不善于挤，愿不愿意钻。一块好好的木板，上面一个眼儿也没有，但钉子为什么能钉进去呢？这就是靠压力硬挤进去的。"

可敬的"傻子"

周恩来总理为雷锋题词

1960 年 8 月，驻地抚顺发洪水，运输连接到了抗洪抢险命令。雷锋忍着刚刚参加救火被烧伤的手的疼痛又和战友们在上寺水库大坝连续奋战了 7 天 7 夜，被记了一次二等功。

望花区召开了

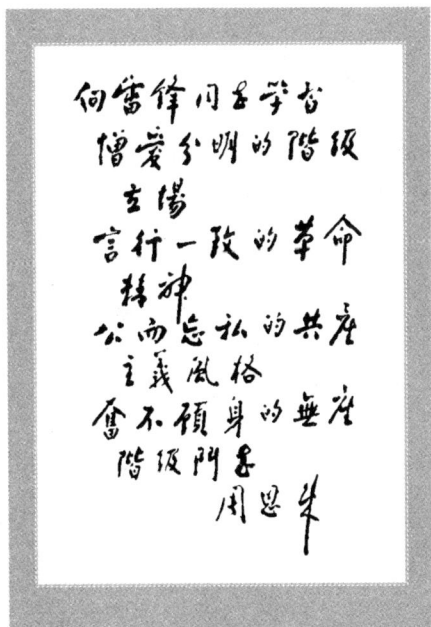

向雷锋同志学习
——伟大的共产主义战士雷锋

大生产号召动员大会，声势浩大，雷锋上街办事正好看到这个场面，他取出存折上在工厂和部队攒的200元钱（存折上一共有203元）跑到望花区党委办公室要捐献出来，为建设祖国做点贡献，接待他的同志实在无法拒绝他的这份情谊，只好收下一半，另100元在辽阳遭受百年不遇洪水的时候捐献给了辽阳人民。在我国受到严重的自然灾害的情况下，他为国家建设、为灾区捐献出自己的全部积蓄，却舍不得喝一瓶汽水。

入　党

团党委树立雷锋为艰苦奋斗、勤俭节约标兵后，他更加严格要求自己。他出身贫苦、爱憎分明、好学上进、阶级觉悟高、入党动机正确，根据一贯表现，支部大会一致通过了雷锋的入党申请。

1960年11月8日，雷锋光荣地加入了中国共产党。

1960年底，雷锋事迹被以《苦孩子好战士》为题在报刊发表后引起强烈反响，各地邀请他做报告的单位越来越多，他以一部血泪斑斑的家史，告诉人们不要忘记过去，激励人们在建设祖国中团结一致，更坚定地去战胜困难。应广大人民的要求，连里把雷锋事迹搞了一个展览室，中国人民革命军事博物馆也来人收集雷锋的事迹。

团结友爱

雷锋把自己的藏书拿出来供大家学习，被人们称

为"小小的雷锋图书馆"。他帮助同志学习知识，同班战友乔安山文化程度低，雷锋就手把手地教他认字、学算术；同班战友小周父亲得了重病，雷锋知道后以小周的名义给家里写了信又寄去10元钱；

向雷锋同志学习
——伟大的共产主义战士雷锋

战友小韩在夜里的出车中棉裤被硫酸水烧了几个洞，雷锋值班回来发现后，把自己的帽子拆下来一针一针地为小韩补好裤子，轻轻地盖在他身上。知道这个情况的乔安山对小韩说："为了给你补裤子，雷锋半宿都没睡！"

孩子们的知心人

1960年10月以后，雷锋先后担任了抚顺市建设街小学（即现在的"雷锋小学"）和本溪路小学校外辅导员。

雷锋平时工作、学习都很忙，他只能利用午休时间或风雨天不能出车的日子请假到学校去找教师、同学谈心，或进行其他辅导活动。他善于团结小朋友，启发他们好好学习，天天向上。

雷锋以高度的使命感、责任感，辛勤培养下一代茁壮成长。共青团抚顺市委为表彰雷锋的事迹，曾于

1962年5月28日颁发奖状，上面写着"奖给优秀辅导员雷锋同志，保持光荣，继续前进"。

谦虚谨慎

　　雷锋入伍以来，多次立功受奖，他被选为市人大代表，出席过沈阳军区首届共青团代表会议，他的照片、日记和模范事迹，通过报纸、电台做了广泛的宣传，雷锋陆续收到来自全国各地热情赞扬他的来信，他在日记中写下了这样一段话："我的一切都是党给的，光荣应该归于党，归于热情帮助我的同志，至于我个人做的工作，那是太少了，我这么一点点贡献，比起对我的要求和期望还是很不够的……"

关于《雷锋日记》

　　一开始，雷锋的日记只是作为反映雷锋先进思想的辅助品，其直截了当的抒发方式通俗易懂，有助于更生动、具体地了解作为学习榜样的雷锋。到了后来，《雷锋日记》逐渐承载着太多政治教育与宣传的任务，从学习《毛泽东选集》到爱党爱国到集体主义到好人好事……《雷锋日记》的出版也是越来越谨慎，从一位收藏了《雷锋日记》各种版本的爱好者的藏品中可以看出，内容均有不同，有一些日记篇章到后来不是被删掉，就是做了修改。于是在改革开放之后，《雷锋

日记》的真伪甚至成为知识界曾经讨论的话题。

细节真伪可以商榷，但不可怀疑的却是雷锋笔下的那种任何政治气候也掩盖不住的青春激情，这是一本前无古人、后无来者的理想共产主义者的日记。《雷锋日记》里弥漫的政治激情，让人再也看不到他更多的日常生活，但他依然记录下了他从伙房里偷吃锅巴、被冤枉谈恋爱后所受到的委屈……

雷锋是在县委机关当公务员时（即1957年的秋天）开始学着写日记的，当时雷锋在组织部的同事彭正元还记得雷锋特地向自己请教怎么样才能写好日记。1958年4月，原团山湖农场办公室干部方湘林应该是最早看过雷锋写的日记的人。那次，是雷锋主动递给他看，据方湘林回忆："（我）希望真有爱情日记，可仔细一看，写的全是政治与技术方面的内容，如下放

向雷锋同志学习
——伟大的共产主义战士雷锋

干部总结评比大会记录、自
己在大会上的发言提纲、
拖拉机性能、拖拉机
驾驶规则等等。"

《雷锋日记》被
发现并得到宣传，也
有一段机缘巧合。1960
年10月底，沈阳军区工程
兵政治部把雷锋暂时借调到沈

阳，到军区工程兵所属各单位做"忆苦"报告。在雷
锋出发前，军区政治部副主任王寄语为了能进一步了
解雷锋的成长过程，就打电话给工程兵10团政委韩万
金，让他转告雷锋把自己的日记带上，雷锋就带了四
五本日记来到军区第一招待所，王寄语被日记的内容
打动，安排摘抄分发给党委常委们阅读。不久，《前进
报》总编辑嵇炳前协同新华社军事记者佟希文和李健
羽前往军区机关了解雷锋的事迹，他们在雷锋作报告
临时住的办公室里，偶然从雷锋的床上发现了雷锋写
的日记，看了几段觉得很好，就请示王寄语能否借去
看看，王寄语当即表示赞成。就是这次偶然，促成了
《雷锋日记》于1960年12月1日在沈阳军区机关报
《前进报》上首次以一个版的篇幅摘录发表。当时的标

雷锋纪念馆的书型大理石刻着很多《雷锋日记》的内容

题是"听党的话，把青春献给祖国——雷锋同志日记摘抄"。这次共摘发了雷锋从1959年8月30日至1960年11月15日的日记15篇，当时只是作为辅助学习雷锋的一个形式，在部队里流传。

雷锋去世5个月后，雷锋的日记再次被要求整理出来。《前进报》原社长冯荆育参与了《雷锋日记》的编选工作，他有专文记录当时的情景：1963年11月8日，沈阳军区政治部要求《前进报》社编选《雷锋日记》，由党政组组长董祖修负责。当月下旬，董祖修从军区文工团借来10人，将雷锋遗留的9本日记、笔记，全部抄录下来，准备仔细核对后进行选编，对雷锋遗留下的日记，工作组都是按照时间顺序，一天一天地核实、鉴别。其中雷锋记录生活、工作、学习的日记，很容易认定，但部分日记记录了一些富有深刻寓意的精辟论断、名言警句等，就必须仔细分析，因为里面有的是雷锋写的，有些似乎不是。对照雷锋的笔记本可以看出，雷锋平时看了很多书，做了不少摘记，有的注明了出处，有的却并未注明，雷锋日记里引用最多的是毛主席语录。

例如日记里有一段话这样写道："一个人出生在世界上以后，除了早夭的以外，总要活上几十年，每个人从成年一直到停止呼吸的几十年的生活，就构成个人自己的历史，每个人每时每刻都在写自己的历史，每个共产党员和每个共青团员都应该想一想，怎样来

写自己的历史——我要永远保持自己历史鲜红的颜色。"当时工作组以为是雷锋自己的话，收录进最早的《雷锋日记选》版本中，列为第一篇。

过了几年，才发现这段话原来摘自中央党校杨献珍的一篇文章，于是在《雷锋日记》再版时便删去了这段摘记。这段话当时还曾被误认为雷锋的话成了《人民日报》组织的第一次报道雷锋的文章的引语。

工作组对雷锋日记中有关事实过程、人名、职务、单位、番号、地名、时间、数字等，都一一核对过，不允许出现半点误差，但在发表时还是做了一些技术处理，为了保密，将雷锋日记中的部队番号一律改成**部队；将不便透露姓名的人名，改成**，经过反复研究，还将部分语义重复、过时的话语、用词等，做

了删节。

最后一共选辑了其中的121篇，约4.5万字编辑成书。1963年4月，《雷锋日记》由解放军文艺出版社出版，在全国发行，这也是第一本正式出版的《雷锋日记》。这本日记的出版，满足了当时人们学习雷锋的需要。

根据一个公开的数字表明，《雷锋日记》光是在"文化大革命"结束前就印刷了160万册，可谓风行神州大地！

伟大的共产主义战士雷锋，虽然只有初中文化程度，但他留下了几百篇闪耀着共产主义思想光辉，充满着理性思考的日记，而且，平实朴素而简练生动的语言、信手拈来却恰到好处地修辞，也很值得学习，下面作点简略粗浅的分析。

巧用比喻——"骄傲的人，其实是无知的人，他不知道自己能吃几碗干饭，他不懂自己只是沧海之一粟，这些人好比一个瓶子装的水，一瓶子不满，半瓶子晃荡，可是还是晃荡不出来，还有什么值得骄傲的呢？"（1962年3月12日）这则日记旨在批评那些狂妄自大者，当然也是自警。"吃干饭""沧海一粟""一瓶子""半瓶子"是信手拈来的比喻，而"可是还晃荡不出来"却是创意。我们在学习上也要提倡"钉子精

神"，善于挤和善于钻。（1961年10月19日）钉子钉进木头，人所共见人所共晓，但拈来比喻学习也当挤和钻，是匠心独运。

比喻、对比套用——"我懂得一朵花打扮不出春天来，只有百花齐放才能春色满园的道理，一花独放不是春，百花齐放春满园。"（1959年）通俗的比喻，鲜明的对比，形象地说明先进人物要带领大家一道进步的深刻道理。"雷锋同志：愿你作暴雨中的松柏，不愿你作温室中的弱苗。"（1960年1月18日）这则"自题"，用比喻和对比，表明自己誓做坚强的共产主义战士的决心。"一滴水只有放进大海里才能永远不干，一个人只有当他把自己和集体事业融合在一起的时候才有力量。"（1960年）用"滴水"与"大海"喻个人和集体，揭示正确处理个人和集体关系的重要。

对比、排比连用——"青春啊！永远是美好的，可是，真正的青春，只属于这些永远力争上游的人，永远忘我劳动的人，永远谦虚的人！"（1959年10月25日）日记先用"青春"与"真正的青春"作对比，接着加用3个排比句，热情地讴歌了拥有真正青春的人的美好情操和宽广胸襟，语句自然酣畅，意境恢宏高远，可做一切有志青年的座右铭！

牺 牲 经 过

　　1962年8月15日上午8点多钟，细雨霏霏，雷锋和他的助手乔安山驾车从工地回到驻地。他们把车开进连队车场后，发现车身上溅了许多泥水，雷锋便不顾长途行车的疲劳，立即让乔安山发动车到空地去洗车。经过营房前一段比较窄的过道时，为安全起见，雷锋站在过道边上，扬着手臂指挥小乔倒车转弯："向左，向左……倒！倒！"汽车突然左后轮滑进了路边水沟，车身猛一摇晃，骤然碰倒了一根平常晒衣服被子用的方木杆子，雷锋不幸被倒下来的方林杆子砸在头部，当场扑倒在地昏过去。

　　战友们立即用担架把他送到附近医院抢救，各级首长立即赶到了医院，同时以最快速度把沈阳的医疗专家接到雷锋床前。由于颅骨损伤，导致脑机能障碍，雷

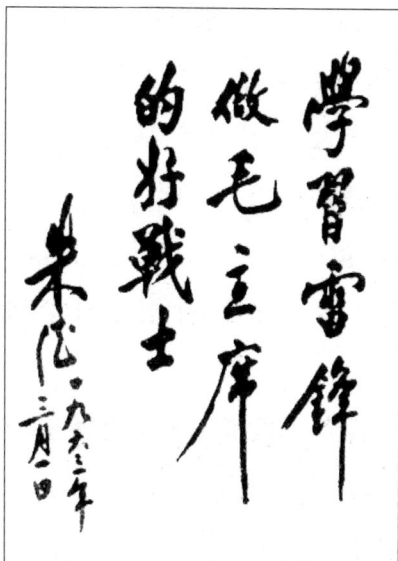

学习雷锋
做毛主席
的好战士
朱德 一九六三年 三月日

朱德总司令为雷锋题词

老人剪裁『雷锋』头像

锋这个劳动人民的好儿子、中国共产党的优秀党员，年仅22岁，就这样和我们永别了！

8月17日，在抚顺市望花区政府礼堂召开隆重的追悼会，近10万人护送雷锋的灵柩向烈士陵园走去。

1963年1月，国防部命名雷锋生前所在的班为"雷锋班"，共青团追任雷锋为"全国少先队优秀辅导员"，解放军总政治部、共青团中央、全国总工会、全国妇联相继发出关于学习雷锋的通知，《人民日报》《解放军报》《中国青年报》等相继发表社论、评论和介绍雷锋事迹的文章。

1963年3月15日，首都各大报纸发表了毛泽东主席的光辉题词："向雷锋同志学习"。

雷锋，这个光辉的名字，在我们的心中闪烁着不朽的光辉，他把自己旺盛的青春全部献给了党，献给了人民，他高尚的理想、信念、道德、情操，必将在我们青少年一代身上不断发扬光大，他那不可磨灭的美好形象，将永远活在我们的心中！

战友——乔安山"忆"雷锋

乔安山和雷锋初识于鞍钢的弓长岭矿，时间是1959年。一天，乔安山下班回宿舍，发现铺位旁多了张床，疑惑间，雷锋笑着向他伸出手。乔安山对这个身高1米54、娃娃脸、南方口音、语速较快的新舍友的印象是"这人挺喜兴，好接触"。雷锋比乔安山大一岁，乔安山称雷锋"大哥"；大哥给乔安山留下的第二个印象是"这人好求"，当时集体宿舍里住着百十号人，其中会读写的凤毛麟角，求人写家信成了工友们不大不小的难事。一天，一个工友求人代笔，代笔者以种种理由推脱了，雷锋见状对工友说："我给你写行不行？"一个周末，

发扬雷锋精神

向雷锋同志学习
——伟大的共产主义战士雷锋

小学六年文化的雷锋在宿舍走廊里摆上一张桌子，上面放有信封、信纸和笔，他招呼大伙儿："谁要写家信，我可以帮忙。"

1959年11月14日的一场夜雨，让乔安山进一步认识雷锋"这人思想特别好"。当晚，乔安山被雷锋叫醒，当时窗外电闪雷鸣，雨声滴答，雷锋悄声说，他见工地上有好多水泥，若遭雨淋就完了，他要乔安山跟他招呼大伙"抢救国家财产去"，于是乔安山跟他敲门喊人起床，他们用雨衣、苫布、席子遮盖水泥，雷锋见盖不住，又脱下棉衣，然后速回宿舍抱来他的被子，7200袋水泥被及时遮盖了。《雷锋日记》记载了这一天："经过一场紧张的战斗，避免了国家财产受到重大损失，很高兴自己能为国家为党做了一点点工作。"
组织上敏感地捕捉到雷锋做的这一点点工作所蕴含的
时代意义——发扬了社会主义建设中的主人翁精神。
于是《矿报》刊登了雷锋"雨夜抢救国家财产"的事
迹，这是雷锋的名字首次在小范围内彰显，由此，他
获得"青年社会主义建设积极分子"称号。

　　雷锋入伍后，感恩之心在"子弟兵爱人民""军民
鱼水情"的特殊环境中以更加炽热的温度喷发出来。他
入伍8个月就立
了三等功，救
火、带病挖溢
洪道、送老大
娘回家、为大
嫂补车票、给
老大爷送寒衣、
送伤病员月饼、
以战友的名字
给战友家寄钱
……乔安山曾
在某周日的晚
上问他："你一
天到晚不识闲，

《雷锋的故事》

向雷锋同志学习
——伟大的共产主义战士雷锋

老人怀念雷锋

礼拜天也不休息休息?"雷锋笑答:"闲着也是闲着。"

1960年,全军开展"两忆三查"（忆阶级苦、民族苦,查立场、查斗志、查工作）。11月5日,在一次"忆苦思甜"大会上,饱尝人间苦果的雷锋以其生动的讲演致使台下一片啜泣。雷锋的名字因报告效果"感人至深"而走出连队,走出团队,走向军区。由于雷锋隔三岔五乘火车作报告,所以他有了"好事做了一火车"的机会。

雷锋能迅速成全军典型,让乔安山有些纳闷:"我俩一块儿堆入伍的,他咋进步就那么快呢?"乔安山一直不理解"为什么雷锋入伍10个月就能入党?"如今他非常认可"文化人的说辞",即雷锋的个人品格已由道德层面升至政治层面,他的品德契合了时代需要。

《雷锋日记》中多有笔墨描述了他与时代的这种高度契合：如在职业选择上，他放弃家乡公务员身份而选择北上炼钢，便是响应领袖号召"没有工业，就没有国防，就没有人民的幸福"；参军，是因祖国需要"反帝防修，保卫祖国"；助人，是受"关心他人要比关心自己为重"及"我们是人民的子弟兵"影响；钻研修车，是"要想知道梨子的滋味就亲口尝一尝"；从事苦活累活脏活，是受"艰苦的工作就像担子，摆在我们面前，看我们敢不敢承担"驱动。做好事，他这样理解并付诸行动："高楼大厦都是一砖一石砌起来的，我们何不做一砖一石呢？我所以天天都要做这些

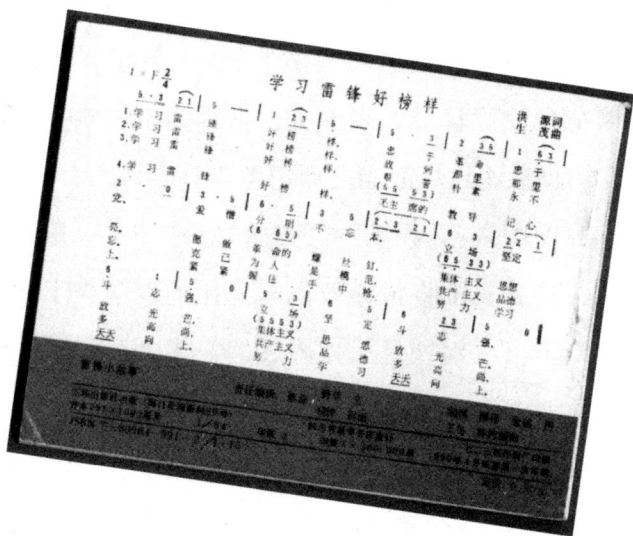

"学习雷锋好榜样"歌谱

雷锋用过的物品

零碎事，就是如此。"

　　与雷锋朝夕相处 4 年，乔安山浏览过雷锋日记，乔安山佩服雷锋"这人特有毅力"，不管出车多累多晚，回宿舍就记日记，多少次，雷锋为不影响乔安山睡眠，用报纸遮住灯泡光亮而记下当日心得。4 年如影随形，乔安山说："我俩没红过脸。"唯一一次招致雷锋不悦，是乔安山将雷锋教他学文化的本子当了卷烟纸。雷锋举出《钢铁是怎样炼成的》主人公保尔·柯察金的戒烟事例，"人家都戒了，你……"乔安山问雷锋保尔身份"他也是炼钢的吗？"雷锋笑了。

"向雷锋同志学习"

1960年1月8日至1962年8月15日，共在部队生活951天的雷锋伴随毛泽东题词而成为新中国最著名的士兵，成为中外超越时空的精神楷模。

毛泽东秘书林克曾撰文回忆毛泽东为雷锋题词的经过：1963年2月中旬的一天，《中国青年》编辑部请毛主席为雷锋题词，毛主席让我先拟几个题词供他参考，我拟写了十几个题词，如"学习雷锋同志全心全意为人民服务的思想""学习雷锋同志鲜明的阶级立场"等。2月22日，毛主席交给我用毛笔书写的一幅行草"向雷锋同志学习"，毛主席对我说："学雷锋不是学他那一两件先进事迹，也不是学他某一方面的优点，而是学他的好思想、好作风、好品德；学习他长期一贯地做好事，不做坏事；学习他一切从人民的利益出发，全心全意为人民服务的精神。当然，学雷锋要实事求是、扎扎实实、讲究实效，不要搞形式主义，领导干部要带头学才能形成好风气，向雷锋同志学习，也包括我自己。"

"好好开车，好好做人！"

离开雷锋的日子，乔安山的人生之路走得并不平

《离开雷锋的日子》剧照

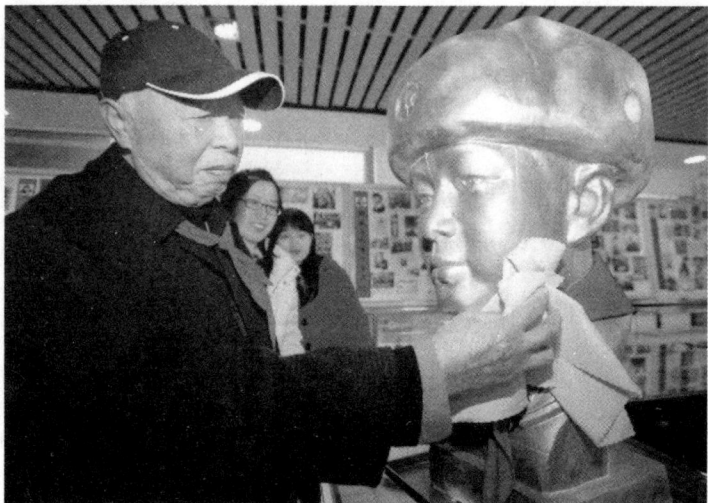

老人为「雷锋」头像擦拭灰尘

坦。

"从21岁起，我的心就没踏实过。" 1962年至1995年，乔安山在自责、忏悔、沉默、压抑、苦闷中度过33年。1963年1月21，沈阳军区司令员陈锡联来部队命名"雷锋班"，陈锡联在得知垂首敛目、一脸悲凄的战士就是"刚从禁闭室出来，撞死雷锋的乔安山"后，他快步趋前，握着乔安山的手并拍他的肩膀："小伙子，抬起头来，不要背包袱，要像你的班长雷锋那样，好好开车，好好做人！"

雷锋之死，尽管组织上做出"因公殉职，意外事故，乔安山没有直接责任"的鉴定，但乔安山在1994年前却一直没能走出"撞死雷锋"的阴影，这一阴影逼他避世，隐居铁岭23年。23年间，他从事的职业：

铁岭运输公司调度员、个体爆破公司打更人、废品收购站看摊者、给个体户拉钢材的司机……无论在哪里打工，乔安山很快会被人称呼为"憨傻""二百五""缺根弦"。"好人，就是太实"，有人中性地评说乔师傅。

1989年12月，在辉山，乔安山发现前面车辆都在躲避前方一位躺在地上的老人，乔安山停车，将老人送进医院，出车钱交了医院押金。翌日，乔安山向领导汇报此事，领导顿时火起："你就等着沾包吧。"领导预测不幸言中，乔安山从救人者变成肇事者，风言风语牵动着乔安山的敏感神经"敢撞死雷锋的人，什么人不敢撞?"

乔安山曾给一小煤窑主开车，他发现货单上写着5

雷锋纪念馆

吨煤，而雇主只装
4.5 吨。车开至偏
僻处，雇主竟指使
乔安山将优质煤、
劣质煤调换，他指
着雇主骂"缺德"，
就在乔安山欲实施
"将雇主改造成好
人"的计划时，他
接到被辞退的通
知。

"学雷锋没错"

　　1994年秋，乔安山决定自己创业，在铁岭龙山市
场做茶叶生意。当年春节，他从沈阳进了一批包装精
美的礼品茶，回家开包一看，老伴一下瘫坐地上——
全是柳树叶。为免害人，乔安山将茶叶全部填进火坑，
他不仅烧了茶叶，还到进货相同的摊位劝告："不能用
假货坑人，烧了它们，我就烧了。"一些人嘴上应承着
"烧了烧了"，私下却称乔安山"二百五"。

　　乔安山还有一些被人视为"二百五"的行径——
给人输血、送迷路孩子回家、扫雪、绿化、劝架、救火、疏通社区管道、抓小偷、照看生病邻居、扶贫孤寡老人、给灾区和希望工程捐款……

一次在火车站，乔安山主动帮老人拎包，老人厉声质询他："想干什么？"乔安山原想以默默学雷锋告慰雷锋，并以此转移人们对他历史的关注，但历史宿命般地纠缠他，人们议论他做好事"是为赎罪"。误解、奚落、侮辱、压抑及非议致使乔安山突发脑血栓，留下左耳失聪的后遗症，凡遇着急上火的事，偶会出现短暂失忆，一步一坎的日子虽然难耐，但他认定"学雷锋没错"。

1994年底，81816部队宣传干事将乔安山的经历公之于世——《理解你，沉默的情怀》，3年后，电影《离开雷锋的日子》映红全国。自此，封闭的乔安山被人频繁邀请"出山"，乔安山最终说服自己，"如果还躲着藏着，就真对不起大哥了，""出山"讲演是在延

续雷锋的生命。1995年至今，乔安山讲演2000余场，他讲在离开雷锋的日子里，自己如何在精神上皈依雷锋，雷锋精神怎样与市场经济同存共生。

1995年至今，乔安山成为雷锋精神职业传火人，从逐年递增的邀请函中，乔安山获知人们依然怀念雷锋、呼唤雷锋、需要雷锋、拥抱雷锋、渴盼雷锋！

时间打磨的楷模　平凡造就的伟大

22年，雷锋的人生何其短暂！951天的部队生活，他也的确只是铁打的营盘里一名"流水的兵"，然而，这个个头不高的年轻人正是在这转瞬即逝的光阴里铸就了永恒。雷锋始终以其真善美的人性光辉成为国人一面道德反思的镜子；成为世人缅怀的道德偶像及中国人精神生活的一部分。

美联社记者曾问乔安山："美国人可否学雷锋？"乔安山答："有人的地方就需要雷锋这样的志愿者，雷锋精神是大爱、博爱、人类之爱，哪个国家、民族不需要满怀爱心的志愿者呢？"

感悟雷锋精神，乔安山反对视"雷锋为英雄"，他以不容置疑的口吻坚持己见"雷锋是楷模"。乔安山解读他的坚持：几分钟、几秒钟可以成就一个英雄，而楷模却需要时间的打磨，雷锋就是一辈子做好事的楷模，尽管他的一辈子仅有22年，他22年所做的好事没有一件惊天伟业，都是小小不言，你我他能学能做的平凡事，所以雷锋的伟大即平凡，平凡即是可效仿的。

雷锋用过的枪

雷锋改变了乔安山，而雷锋精神则影响和改变了更多的人。乔安山的老伴，初中文化的张淑芹当年主动追求乔安山，是因毛主席说"向雷锋同志学习"。她想既

向雷锋同志学习
——伟大的共产主义战士雷锋

然领袖都学雷锋，那雷锋无疑就是好人，雷锋战友是最接近好人的人，张淑芹的爱情观代表了当年女青年的择偶取向。大寨铁姑娘队队长郭凤莲说，当年铁姑娘的择偶标准即是找"像雷锋那样的人""像雷锋那样的人"即是最可爱的人。

北京军区总医院原副政委孙茂芳，人誉"京城活雷锋"。孙茂芳40年如一日学雷锋做好事，被选为全国十大社会公益之星。

原沈阳军区宣传干事，为雷锋留下223张影像的张峻自费制作了3万枚雷锋像章，以此嘉奖有公德、做好事的人——如他每坐公共汽车，谁给他让座，他便掏出像章并帮人戴上。

光阴的故事　22年的一辈子——从孤儿到楷模

　　《雷锋日记》中多次出现"居然"二字，如"我居然成了一名拖拉机手""我居然参军了""我居然入了党""我居然当选为抚顺市人民代表""我居然参加了团里的党代表大会"……居然等同意外，新中国成立前的苦孩子雷锋做梦也想不到，他新中国成立后的命运中竟连续收获意外之喜。

　　雷锋在《我决心应召》中披露了他童年的遭遇："我爸遭到日本人毒打，吐血便血而死；我哥在一家机械厂当童工，不仅得了童子痨，还压伤了胳膊，轧断了手指，因没钱医治死掉了；我妈带我和弟弟讨饭，弟弟饿死在妈妈怀里；妈妈在唐地主家做工时遭受凌辱，上吊而死；7岁的我给地主养10头猪，猪吃的比我还好，要是有亲人搭救我，我一定拿起枪——为爹妈报仇。"

1959年12月3日，部队来弓长岭矿征兵，雷锋拉着乔安山去报名，乔安山毫不奇怪雷锋的选择。此前半个月，他们结伴看电影《智取华山》回来的路上，雷锋亢奋地表示参军夙愿："我9岁就想当兵。"私下里，雷锋让乔安山目睹过旧社会在他身上留下的伤痕——咬伤（狗咬）、冻伤、手背上的三道刀伤。这些伤痕致使他在多种场合表述"要是没有共产党，我不知悄悄地死在哪条沟里了"。

当时的乔安山对雷锋的感恩之言以时代流行语"翻身不忘共产党，幸福不忘毛主席"替代了自己的思考。今

毛主席的好战士雷锋

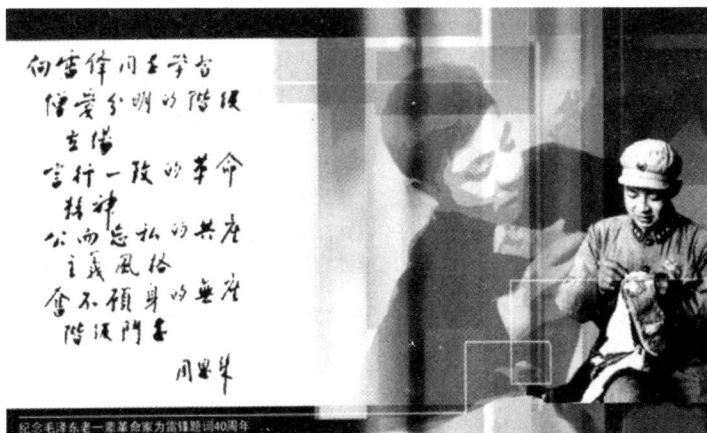

纪念毛泽东老一辈革命家为雷锋题词40周年

天，乔安山这样认识大哥"为什么对谁都特别好"，那是因孤儿雷锋视祖国为爹娘，视身边人为亲人，视部队为大家庭。

雷锋入党申请书的题目是《解放后我有了家，我的母亲就是党》，因雷锋报恩心切，所以也就不难理解为什么他仅在鞍钢一年多，便拥有别人无法企及的荣誉记录：3次"先进工作者"、5次"红旗手"、18次"标兵"及参军后"出差一千里，好事做了一火车"。曾任沈阳军区宣传干事，现年79岁的张峻回忆：1961年，他随雷锋从沈阳到大连作报告，一路上，雷锋就没坐过自己的座位，全在为别人忙活。

向雷锋同志学习

——伟大的共产主义战士雷锋

雷锋精神

雷锋逝后至今，曾经对雷锋精神的单一解读伴随时代进程逐渐出现了"干一行爱一行思想""螺丝钉精神""一块砖准备"等多元结构，但唯一不变的是对雷锋"助人解危济困"的认同。这一认同使雷锋形象至今不朽，雷锋精神在志愿者手中代代接力。

如今，"雷锋精神永恒展"巡展几乎走遍了全国，而雷锋的名字也出现在了越来越多的地方——辽阳有雷锋储蓄所、大连陆军学院有雷锋雕像、连云港有雷锋板车、重庆有"雷锋精神永恒展览馆"、江西有"雷锋号"列车……

雷锋生前物品捐赠仪式

　　雷锋精神是对雷锋事迹所表现出来的先进思想、道德观念和崇高品质的理论概括和总结。已经成为雷锋和"雷锋式"的先进人物崇高思想和优秀品德的结晶；已经成为热爱祖国、热爱社会主义、热爱党、坚定共产主义信仰、树立为人民服务的思想、发展人与人之间团结友爱互助的社会主义新型关系的象征；一心向着党，向着社会主义的坚定的政治立场；全心全意为人民服务，无私奉献的崇高思想；刻苦学习和钻研理论的"钉子"精神；勤俭节约、艰苦奋斗的优良作风。

　　雷锋精神，不是自然产生的，而有其历史客观必然性，从思想来看，雷锋精神即是马列主义时代精神的体现；又是对我党我军优良传统的继承和发扬；也是对中华民族传统美德的继承和升华，具有重要的时代价值。

几十年来，每逢3月，人们就以学雷锋的具体行动纪念他。在极"左"时期，有人将雷锋神化；商品经济时期，又有人竭力将他贬低。但是，任何社会都

需要美好的事物，雷锋不仅仅属于一代人，他的精神已穿越了时空。在广泛持久开展学习雷锋活动中，全军各部队和全国各条战线上涌现出大批"雷锋式"的英雄模范人物。

1962年8月15日，一个年仅22岁的普通士兵倒下了，但他从此留下了一个永不消逝的名字——雷锋。

而今，多少个春夏秋冬不再，而他的名字却已经超越了时空，不同国度的人们用各自的语言读着他一样的故事，都在学习着他的精神。

有哪位普通士兵能像他那样，享有被我国三代党

和国家领导核心共18人的题词的殊荣？又有什么精神能如他一般，激励着我们一代又一代人的成长并在一代又一代人的诠释下不断升华？

他——叫雷锋，他的精神——叫作雷锋精神！

美国人说："雷锋属于世界。"

巴西人说："雷锋应是精神领袖。"

日本人说："要像雷锋那样生活。"

美国专门成立了学习雷锋研究会；泰国政府专门翻印《雷锋》图书发给国民学习。据说，美国西点军校的大厅里悬挂着5位"英雄像"，而位居首位的就是雷锋。

从20世纪60年代以来，雷锋——这个光辉的名字，就一直与时代同步，他平凡而高尚的事迹总是让我们感动、传诵，伴随着我们一代又一代人的成长。

《雷锋日记》选读

"对待同志要像春天般的温暖，

对待工作要像夏天一样的火热，

对待个人主义要像秋风扫落叶一样，

对待敌人要像严冬一样残酷无情。"

《雷锋日记》中的这四句话用春、夏、秋、冬四季做比喻，把一个革命者对待同志、对待工作、对待错误思想以及对待敌人所应有的正确态度，非常精辟地表述出来，是雷锋形象的真实写照，也是雷锋精神的高度概括。

"走进春风，引领人生，有一团火，在我们心中燃烧。在春天里不需要茫然踯躅，只要我们用爱的阳光照亮春的心扉，心灵的空白便会绽出新绿；只要我们扇动激情的翅膀放飞希望，

——伟大的共产主义战士雷锋

向雷锋同志学习

那就孕育了春，孕育了一切。"雷锋用他最坚定和最忠诚的共产主义战士的伟大情操，向世人展示了"平凡即伟大"的深刻含义，我们从《雷锋日记》中就能深切地体会到。

（1958—1959年）6月7日

如果你是一滴水，你是否滋润了一寸土地？如果你是一线阳光，你是否照亮了一分黑暗？如果你是一颗粮食，你是否哺育了有用的生命？如果你是一颗最小的螺丝钉，你是否永远坚守在你生活的岗位上？如果你要告诉我们什么思想，你是否在日夜宣扬那最美丽的理想？你既然活着，你又是否为未来的人类的生活付出你的劳动，使世界一天天变得更美丽？我想问你，为未来带来了什么？在生活的仓库里，我们不应该只是个无穷尽的支付者。

6月13日

读《沉浮》以后，这本书给了我深刻的印象，通过沈浩如和简素华的恋爱故事教育了我。我认为简素华的那种坚强不屈的意志，那种高尚的共产主义风格，那种克服困难的决心和信心，那种艰苦朴素的工作作风，对群众那样的关怀，这位女同志是值得我学习的。

沈浩如同志是一个有严重资产阶级意识的人，处处只为个人打算，怕吃苦，他那些可耻的行为，我坚决反对。

6月25日

我听有些人说：当兵不合算，挣不到钱，不如在家种二亩自留地，既有花的，又有吃的。

我认为这种人对个人利益和集体利益的关系认识不足。俗话说："大河涨水，小河满；大河无水，小河干。"同样的，只有集体利益富裕了，个人利益才能得到满足，如果没有集体的利益，哪还有什么个人的利益呢？

6月26日

我是在1958年夏开始学习毛主席著作的。经过学习，提高了阶级觉悟，武装了头脑，增强了本领。我在学习过程中，始终坚持用学习到的理论、观点对照联系自己的思想、劳动和周围的一切实际事情。这么一联系，不仅加深了对理论的理解，而且更有助于政治理论的提高。如通过学习毛主席所写的《中国社会各阶级的分析》和《关于正确处理人民内部矛盾的问题》这两篇文章，我清楚地明白了，不同的阶级有不同的立场，对同样一件事情，不同的阶级就有不同的看法和说法。今后，我还要更好地学习，更好地为党的事业而奋斗。

毛主席为雷锋题词

6月28日

有些人对个人和集体的关系认识不清，因此做工作、办事情、处理问题等，只顾个人，不顾整体。这样，就会给革命造成损失，给集体造成不利。我觉得正确认识个人和集体的关系是很重要的。

我认为个人和集体的关系，正像细胞和人的整个身体的关系一样。当人的身体受到损害的时候，身上的细胞就不可避免也要受到损害。同样的，我们每个人的幸福也依赖于祖国的繁荣，如果损害了祖国的利益，我们每个人就得不到幸福！

6月30日

我认为，一个革命者，要树立牢固的集体主义思想，时刻都要把集体利益放在第一位。同时还要坚决打消个人主义，因为个人主义对革命不利，对集体有损害。个人主义好比大海中的孤舟，遇到风浪，一碰就翻。集体主义好比北冰洋上的原子破冰船，任凭什么坚冰都可以摧毁。我认为坐在小舟里摇摇晃晃不好，还是坐在原子破冰船上乘风破浪一往无前为好。

8月6日

我今天听一位同志对另一位同志说："人活着就是为了吃饭。"我觉得这种说法不对，我们吃饭是为了活着，可活着不是为了吃饭。我活着是为了全心全意为人民服务，是为人类的解放事业——共产主义而斗争。

8月9日

今天我看了一位科学家对青年讲的一段话，对我的启发教育很大。他说："你在任何时候，也不要以为自己什么都知道。不管别人怎样器重你们，你们都要有勇气对自己说：'我没有学识！'决不要陷于骄傲。因为一骄傲，你们就会固执起来；因为一骄傲，你们就会拒绝别人的忠告和友谊的帮助；因为一骄傲，你们就会丧失客观方面的准绳。"这些话好得很，我不但要永记，而且要贯彻到言语行动中。

8月10日

今天，我认真学习了一段毛主席著作，其中有两句话对我教育最深。毛主席教导我们说："虚心使人进步，骄傲使人落后。"这是千真万确的真理。过去，我在一切言论或行动中，按毛主席的教导做了，因此我进步了；现在，我仍要牢记毛主席的这一教导，坚决努力，要求自己更好地做到这一点。

今后，我要更加热爱人民和尊敬人民，永远做群众的小学生，做人民的勤务员。

8月26日

自从由鞍山转到弓长岭以来，自己就抱定决心：一定要很好地工作、学习，争取加入中国共产党。对各种学习任务都能认真完成，自学较好，每天早晨学习1小时，晚上总是要自学到深夜10至11点钟。早晨坚持做早操，没有违犯过纪律，都能按规定去做。今后，我应当继续加强组织纪律性，向违法乱纪作斗争，严守纪律，听从指挥，做好机器检查和保养，保证安全，消灭事故。努力学习政治，开展思想斗争和批评与自我批评，加强团结，虚心学习。

8月30日

我深深地认识到，做每一件工作，完成每一项任务，哪怕是进行每一次学习，都十分需要听党的话，听领导的话，争取领导的帮助和支持。

党和领导叫怎样去做，就不折不扣地按党的指示去做。这样，就是有再大的困难，也有办法克服；再艰巨的任务，也能完成，相反，如果脱离了领导，不听党的话，光凭个人的心愿去做事情，是很难做好的，甚至要犯错误。有些同志思想进步慢，工作成绩差，是什么原因呢？我认为原因只有一个，就是自以为正确，不听党的话，不听群众的话，明明自己的看法不对，也不改正；明明领导和同志们的意见是正确的，也不诚恳地接受，这样，就会落后。

党的声音，就是人民的声音。听党的话，就会开放出事业的花朵！

10月11日

一、加强修养，努力学习团纲、团章和有关团员

修养的书籍，处处听党的
话；坚决地、无条件地
做党的驯服工具。

二、把自己的全
部力量献给党的建设
事业，在生产中，一定
完成任务，一红到底，
有一分热发一分光。

三、虚心向群众学习，并以
团员的模范作用，带动群众前进。

四、掌握批评与自我批评的武器，经常向支部汇
报自己的思想情况，在支部的直接领导、监督下，努
力改造自己的思想。

10月19日

昨天我听到一位从北京开积极分子代表大会回来
的同志做报告。他说，毛主席在北京接见了他们，毛
主席的身体很健康，对我们青年一代无比的关怀和爱
护，当时我的心高兴得要蹦出来。我想，有一天我能
和他一样，见到我日夜想念的毛主席该有多好，多幸
福啊！可巧，我在昨天晚上做梦就梦见了毛主席。他
老人家像慈父般地抚摸着我的头，微笑地对我说："好

好学习，永远忠于党，忠于人民！"我高兴得说不出话来了，只是流着感激的热泪。早上醒来，我真像见到了毛主席一样，浑身是劲，总觉得这股劲，用也用不完。

我决心听党的话，听毛主席的话，永远忠于党，忠于毛主席，好好地学习，顽强地工作，为党和人民的事业贡献自己的一切，做一个毫无利己之心的人，我一定争取实现自己最美好的愿望，真正见到我们最伟大的领袖毛主席。

10月21日

1958年入厂的时候，我只是一个抱着感恩的思想埋头苦干的工人，在生产上只能做到完成自己的任务和达到每天的定额。

后来，在党的教育下，特别是受到党的社会主义建设总路线和全国人民冲天干劲的鼓舞，才使我的思想和眼界变得更加开阔和远大，才使我的干劲越来越高涨。

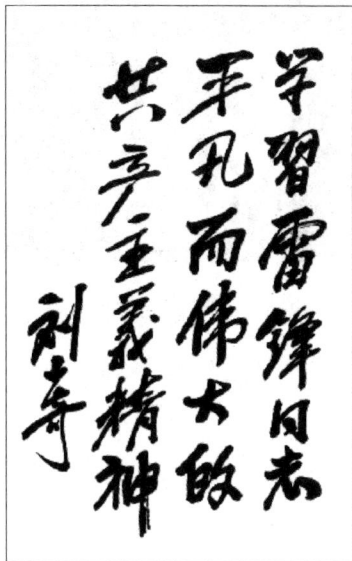

刘少奇副主席为雷锋题词

学习雷锋同志
平凡而伟大的
共产主义精神
刘少奇

手
刮
画
雷
锋

　　由于党的教育，我懂得了这个道理：一朵鲜花打
扮不出美丽的春天，一个人先进总是单枪匹马，众人
先进才能移山填海。

10月25日

青春啊！永远是美好的，可是真正的青春，只属于这些永远力争上游的人、永远忘我劳动的人、永远谦虚的人。

11月2日

向市劳动模范张秀云学习。首先学习她高度的主人翁责任感，对党对社会主义建设事业的赤胆忠心；学习张秀云同志积极主动、帮助别人、大公无私、舍己为人的共产主义思想和团结群众的优良作风；学习她坚持向群众学习、不断充实自己、谦逊好学的精神。

11月13日

我们在建设焦化厂当中，住不好、吃不好和工作环境不好等，这些困难都是暂时的、局部的、可以克服的。只要我们有叫高山低头、河水让路的气概，是没有战胜不了的困难的。

11月14日

今天，我感到特别的高兴，一天的紧张工作过后，一点儿也不觉得疲劳，我感到浑身是劲，深夜了，我还坐在车间调度室里，看一本学习毛主席的思想方法和工作方法的书，真使我看得入了迷，越看越使我感到毛主席的英明和伟大。

11月20日

我在鞍钢开推土机时，车间主任给了我一个任务，要我带3个学员，自己的技术不高，又怎能教好学员呢？可是，我想到这是党给我的任务，我一定要坚决完成。在驾驶和学习机器构造原理时，我和他们互相研究，我不懂就去请教其他师傅，而后再告诉他们，他们只用4个月就学会了开推土机。毕业后，工厂要给我36元带学员的师傅钱，我没要。我学的技术是党培养的，今天告诉别人是应该的。

11月26日

中午12点，我刚从车间开完会回到宿舍，一进门就被人家围住了。小王拿着一张报纸跑到我跟前说："雷锋同志，你看，你上次在雨夜抢救水泥，登了共青团员报了！"当时，我也和大家同样感到高兴。这对我和大家来说，都是很大的鼓舞。我这么一点点贡献，比起党对我的要求和希望还是做得很不够的，但是我有决心忘我地劳动，赤胆忠心，不骄不躁地乘胜前进，多为党做一些工作，这就是我感到最光荣的。

12月7日

早上六七点钟，我和其他几位代表们坐火车到了弓长岭矿开先进生产者、红旗手以及工段以上的干部大会。

当我一走进会场，真把我吸引住了。会场布置得是那么的庄严、美丽，上午9点钟会议正式开始。首先党委高书记宣布了大会主席团名单，其中有我一个，当我走上主席台时，我那颗火热的心是多么的激动啊！像我这样一个放猪流浪出身的穷孩子，今天能参加这样的大会，同时还把我选为主席团的成员。我是党的，光荣应该归功于党，归功于热情帮助我进步的同志们。

12月8日

一个革命者，当他一进入革命行列的时候，就首先要确立坚定不移的革命人生观。树立这样的人生观，就必须培养自己的思想道德品质，处处为党的利益、为人民的利益着想，具有大公无私、舍己为人的风格。

雷锋故事雕塑长廊

要能够为党的利益、为集体的利益不惜牺牲自己的利益，否则就是个人主义者，是资产阶级的人生观。

（1960）年1月3日

我出身于贫苦家庭，在旧社会过着缺衣少吃的苦日子。那种被奴役、被欺凌的仇恨，使我永远铭记在心。

2月4日

可以说在我的周身的每一个细胞里，都渗透了党的血液。

为了忠于党的事业，今后，我一定要更好地听从党的教导，党叫我干什么，我就干什么，决不讲价钱。

2月8日

我出生在一个很贫穷的农民家庭，在旧社会里受尽了折磨和痛苦。参军以后，我在党的培养教育下，深深懂得了社会主义的今天是由无数革命先烈和战友的艰苦奋斗、英勇牺牲得来的。从我参加革命那天起，就时刻准备着为了党和阶级的最高利益牺牲个人的一切，甚至最宝贵的生命。

2月15日

敬爱的毛主席，我看到您写的《纪念白求恩》这篇文章，深受教育，被感动得流下了热泪。

过去有人讽刺我说："你积极有什么用，那么点的小个子，给你150斤重的担子，你就担不起来。"我听

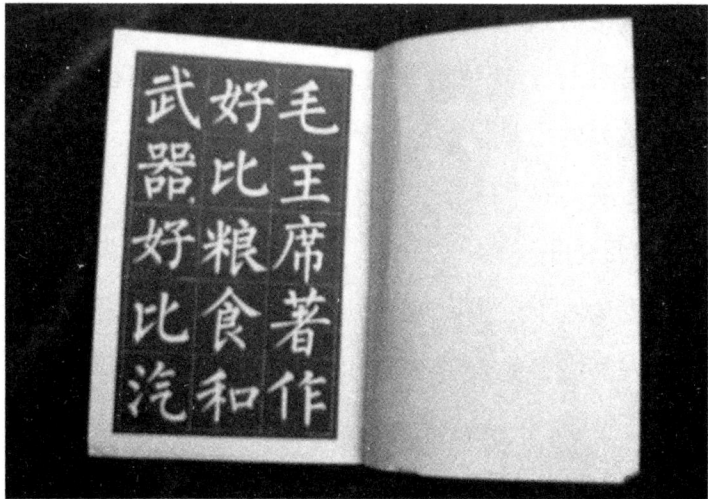

毛主席著作
好比粮食和
武器好比汽

雷锋日记中楷字帖内容

向雷锋同志学习
——伟大的共产主义战士雷锋

了这话，还埋怨自己为啥长这么点小个子呢！

可是，您老人家说："一个人能力有大小，但只要有这点精神，就是一个高尚的人、一个纯粹的人、一个有道德的人、一个脱离了低级趣味的人、一个有益于人民的人。"这话给我很大鼓舞。个子小我也要尽我自己最大的力量，做到毫不利己，专门利人，向伟大的国际主义战士白求恩学习。

3月9日

我学习了毛主席著作以后，懂得了不少道理，脑子里一豁亮，越干越有劲，总觉得这股劲儿永远也使不败。

我为群众尽了一点自己应尽的义务，党却给了我极大的荣誉，去年被评为先进生产者，并出席了鞍山市青年建设积极分子大会。这完全是由于党的培养，是由于毛主席思想给了我无穷的力量，是由于广大群众支持的结果。我要永远地记住："一滴水只有放进大海里才能永远不干，一个人只有把自己和集体事业融合一起的时候才能有力量。"

"力量从团结来，智慧从劳动来。行动从思想来，荣誉从集体来。"我要永远戒骄戒躁，不断前进。

3月10日

在今天的电影里，我看到英勇的革命战士黄继光。他为了党和人民的事业，为了人类的解放而献出了自己最宝贵的生命。他这种为了党和人民的事业而牺牲了自己的崇高精神是值得我永远学习的。

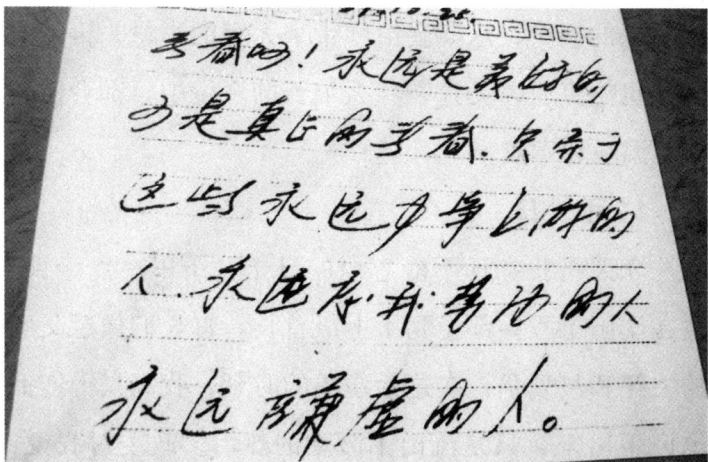

雷锋日记手稿

6月5日

要记住:"在工作上,要向积极性最高的同志看齐;在生活上,要向水平最低的同志看齐。"

单丝不成线,独木不成林。一个人是办不了大事的,群众的事一定要发动群众、依靠群众自己来办。我一定虚心向群众学习,永远做群众的小学生。只有这样,才能做好工作,才能不断进步。

我深切地感到,当你和群众交上了知心朋友,受到群众的拥护,这样会给你带来无穷的力量,再大的困难也能克服,无论在什么艰苦的环境中,都会使你感到温暖和幸福。

11月21日

今天是我永远不能忘记的日子。下午一点半钟,我在沈阳工程兵部见到了上级首长。首长们像慈父般的关怀和热爱我,在这最幸福的时刻,我高兴得连话也说不出来,只是流出了激动的热泪。政委对我说:

"受了阶级的压迫，受了民族的压迫，你没有忘本，很好啊！在旧社会受阶级压迫、剥削，穷人没出路，你听了毛主席的话，做了很多工作，做得很对。今后我们革命，不能忘本，忘本就很糟糕，以前做得很好，今后要继续这样做。要读毛主席的书、听毛主席的话，忠实于党、忠实于人民、忠实于毛主席，做出成绩，什么时候都是应该的，我们当革命者不能满足。要更加虚心，对领导要尊敬、对同志要团结，要努力做毛主席时代的好战士，要做一个好的共产党员。"首长的教导，我深深地印在脑海里。我一定要好好学习和工作，永远听党的活，听毛主席地话，跟党走，做毛主席的好战士。

雷锋日记（1959——1962）

雷锋日记

1959——1962

今天我生长在幸福的毛主席时代，处处感到温暖，祖国到处都有我慈祥的母亲——伟大的中国共产党对我无微不至的关怀和教育。我这一点点贡献比起党对我的要求和期望还做得很不够。我决心听党的话，好好学习，忘我地工作，积极参加劳动，奋发图强，勤俭建设社会主义。

熟练手中武器，学好军事技术，时刻准备着，当党需要我，我一定挺身而出，不怕牺牲和一切困难，永远忠于党，忠于人民。继承长辈优良的革命传统，为保卫社会主义建设，为保卫世界和平，我要把自己可爱的青春献给祖国最壮丽的事业，做一个真正的共产主义革命战士！

（1962年）4月17日

一个人的作用，对于革命事业来说，就如一架机器上的一颗螺丝钉。机器由于有许许多多的螺丝钉的连接和固定，才成了一个坚实的整体，才能够运转自如，发挥它巨大的工作能量。螺丝钉虽小，其作用是不可估计的，我愿永远做一个螺丝钉。螺丝钉要经常保养和清洗，才不会生锈，人的思想也是这样，要经常检查，才不会出毛病。我要不断地加强学习提高自己的思想觉悟，坚决听党和毛主席的话，经常

向雷锋同志学习
——伟大的共产主义战士雷锋

绘画丛书《雷锋》

开展批评与自我批评，随时清除思想上的毛病，在伟大的革命事业中做一个永不生锈的螺丝钉。

雷锋不仅自己努力地学习知识、积极地响应党的号召，还谦虚谨慎的汲取更多正确、向上的理论和实践来激励自己，给自己以准确的前进方向，这也正是雷锋能够不断进步的原因之一。

"螺丝钉"，干一行，爱一行，钻一行；"钉子精神"，善于挤和钻；把有限的生命投入到无限的为人民服务中去……《雷锋日记》中的这点点滴滴的积蓄，正是雷锋精神的精髓、是雷锋人生的核心。（文中《雷锋日记》有少数文字删改。）

附：雷锋大事年表

1940年12月18日，出生在湖南省望城县安庆乡（现"雷锋镇"）简家塘村一户贫苦农民家里。这一年系农历"庚辰"年，父母给他取乳名叫"庚伢子"。

1947年秋，父母、兄弟相继悲惨死去，年仅7岁的雷锋成了孤儿。

1949年8月，雷锋家乡解放，安庆乡人民政府成立，雷锋担任儿童团大队长。

1950年初，土地改革开始，雷锋分得3.6亩耕地，还有一些生活用品，如床、蚊帐、锅、箱子等。

1950年夏入学，在刘家祠堂小学读书。

1954年夏考入清水塘完小，加入少先队，被选入中队委员。

1955年转入荷叶坝小学，这年春天，在农业合作化高潮中，雷锋把土改中分得的3.6亩田全部入了社。

1956年7月15日，从荷叶坝完小毕业。

1956年7月—9月，雷锋在生产队当了近3个月秋征助理员，搞征收公粮工作。

1956年9月，在安庆乡政府当通讯员。

1956年11月17日，到望城县委当公务员。

1957年2月8日，光荣加入中国新共产主义青年团，同时被评为"县委机关工作模范"。

1957年夏，担任望城县治伪工程指挥部通讯员。治伪工程结束，被评为"治伪模范"。

1958年春，响应望城县团委提出的捐献一台拖拉机的号召，雷锋捐款20元，成为全县青少年中捐款最多的一个，县委决定派雷锋学开拖拉机。

1958年3月16日，在《望城报》发表第一篇文章《我学会开拖拉机了》。

1958年秋到韶山瞻仰毛泽东主席故居。

1958年10月，由原名"雷正兴"改为"雷锋"。

1958年11月15日，到鞍山钢铁厂参加社会主义建设，被分配在鞍钢化工总厂洗煤车间当推土机手，不久，出席鞍山市"青年社会主义建设积极分子"代表大会。

1958年8月20日，报名到鞍钢弓长岭矿参加新建焦化厂工作。

1958年10月至1960年1月，在鞍钢一年零两个多月时间里，3次被评为"先进工作者"、5次被评为"红旗手"、18次被评为"标兵"，荣获"青年社会主义建设积极分子"称号。

1959年12月9日，张岭《矿报》发表雷锋《我决心应召》的申请书，表达了积极要求参军的坚定决心。

1960年1月2日，新兵换装集中待发，雷锋因无政审表，难以批准入伍。辽阳市兵役局余新元政委送雷锋到新兵大队，当"便衣通信员"。

1960年1月7日当晚，接兵参谋戴明章通过长途电话向工兵团团长吴海山请示：雷锋虽无政审表，可是个优秀青年，能否先带到部队。经同意，在登车出发前8小时，雷锋终于穿上新军装。

1960年1月8日，雷锋入伍第一天，当天下午，作为新兵代表在全国欢迎新战友大会上发言。

1960年3月，新兵连训练结束，雷锋被分配到运输连当驾驶员，下连不久，又被抽调参加团里战士业余演出队。

1960年4月，从团里战士业余演出队回到运输连，一个月后，雷锋成为新兵中一名合格的汽车驾驶员，第一个下到战斗班。

1960年8月，参加上寺水库抢险救灾，带病连续奋战7天7夜，表现突出，团党委为雷锋记三等功一次。

1960年8月，把平时节约下来的200元钱分别支援抚顺市望花区人民公社和辽阳水灾区，受到部队表彰，团党委决定树立雷锋为"节约标兵"。

1960年11月8日，运输连支部党员大会通过雷锋入党申请。

1960年11月9日，工兵团党委在党委书记、政委韩万金主持下，在沈阳军区招待所临时召开党委扩大会议，批准雷锋为中国共产党党员。

1960年11月23日，沈阳军区工程兵党委作出授予雷锋"模范共青团员"称号决定。

1960年11月27日，雷锋荣立二等功，作为立功代表在全团授奖大会上发言，团长吴海山、政委韩万金分别向雷锋颁发"二等功"奖状和"模范共青团员"奖状。此后，雷锋又荣立过三等功一次，受团、营嘉奖多次。

1960年12月1日，雷锋从1959年8月30日至1960年11月15日的15篇日记在沈阳军区《前进报》首次发表。

1960年12月，雷锋在《前进报》发表署名文章《解放后我有了家，我的母亲就是党》。

1961年2月3日，应邀到海城驻军作"忆苦思甜"报告，与全国战斗英雄郅顺义亲切交谈。

1961年5月，雷锋作为全团唯一候选人，被选为辽宁省抚顺市第四届人民代表大会代表。

1961年5月14日，雷锋被提升为副班长。

1961年7月27日，接到抚顺市人民委员会通知书。7月31日至8月3日，出席抚顺市第四届人民代表大会第一次会议。

1961年8月，雷锋被提为运输连四班班长。

1962年1月27日，雷锋被批准晋为中士军衔。

1962年春节，雷锋在《前进报》发表《62年春节写给青年同志们的一封信》。在此前后，雷锋又在《前进报》发表了《在毛主席的哺育下成长》《我是怎样从一个苦孩子成长为毛主席的好战士的》《做毛主席的好战士》等署名文章。

1962年2月14日，雷锋被选为党代会代表，出席"中国工程兵10团"代表大会。

　　1962年2月19日，雷锋以特邀代表身份，出席沈阳军区首届共产主义青年团代表会议，并被选为主席团成员，在大会上发言。

　　1962年5月，雷锋被共青团抚顺市委评为"抚顺市优秀校外辅导员"。

　　1962年8月15日上午10时，战友乔安山向前开车时撞到一根晾衣服的木杆，不幸打在雷锋右太阳穴上，负重伤。经抚顺市望花区西郊职工医院抢救无效，于12时5分不幸牺牲，年仅22岁。

中华魂·百部爱国故事丛书
提　要

《誓与禁烟相始终——民族英雄林则徐》

林则徐严禁鸦片，坚决抵抗西方列强的侵略，坚持维护国家主权和民族利益。他是中国近代历史上第一位睁眼看世界的人，是抗击帝国主义殖民侵略的第一人，是中华民族抵御外侮过程中伟大的民族英雄。

《血洒虎门御敌寇——抗英将军关天培》

民族英雄关天培，在第一次鸦片战争中为了抗击英国侵略者的入侵而血洒虎门，为国捐躯，谱写了一曲可歌可泣的英雄赞歌。关天培用他的生命，书写了中国人民反抗外侮的历史。

《威震镇海靖节魂——抗敌英雄裕谦》

在第一次鸦片战争期间的众多牺牲者中，有一位官阶最高，他就是两江总督裕谦。裕谦与外国侵略者斗争立场坚定，与国内妥协派、投降派斗争态度坚决。裕谦督战镇海，与英国侵略军浴血奋战，临危不惧，以身报国，浩气长存。

《斩邪留正解民悬——太平天国领袖洪秀全》

农民出身的洪秀全，从失意文人到起义领袖，经历了长期的思想演变过程，在外敌入侵、清朝政府腐朽的历史环境之下，顺应时代的潮流，成长为一位非凡的历史英雄人物，建立了与清朝政府相抗衡的农民政权——太平天国。

《仰承汉唐　荟萃中外——近代数学家李善兰》

李善兰是我国19世纪重要的科学家之一，在数学、天文学、力学等方面都有重大建树。他继承了我国古代数学的成就，又以极大的热情传播西方科学文化，"仰承汉唐，荟萃中外"，把自己的一生献给了科学事业。

《严谨治学　勇于探索——近代著名数学家华蘅芳》

华蘅芳，中国近代数学家之一。其精通中国古算学，并熟练掌握西方近代数学，是中国验证抛物线并著书立说的参与者。为了证明"外国有的，中国也能造"而鞠躬尽瘁，在引进西方科学技术、传播科学知识上贡献卓著。

《折冲樽俎护山河——近代著名外交家曾纪泽》

曾纪泽是中国近代史上著名的爱国外交家，在中俄伊犁交涉事件中，他秉承抵抗列强、保卫国家的坚定意志，利用外交手段全力同沙俄抗争，捍卫了国家主权、民族尊严，收回了祖国的领土，在近代中国外交史上留下了光辉的一页。

《甲午海战留英名——民族英雄邓世昌》

邓世昌，北洋水师名将。本书以邓世昌的成长过程为线索，以代表性的历史故事为主要内容，还原真实的历史事件，突出鲜明的人物性格。邓世昌因在中日甲午海战中突出的英雄气概而名垂史册，书写了伟大的爱国主义篇章。

《誓与舰队共存亡——北洋水师提督丁汝昌》

丁汝昌处在清朝政府的腐朽和李鸿章的专断下，难以施展爱国的抱负，壮志未酬，愤恨而终。但丁汝昌为建立近代海军作出的巨大贡献，带领北洋舰队爱国官兵勇抗强敌的英雄事迹，将永远为后代所传颂。

《镇南关上凯歌扬——抗法老英雄冯子材》

1885年中法战争中，年逾古稀的冯子材为抵御外国侵略，勇赴国难，大败法军于镇南关，并乘胜追击，接连收复文渊、谅山等地，从根本上扭转了中法战争的局面，成为近代民族英雄的杰出代表。

《屡败法军逞英豪——黑旗军将领刘永福》

刘永福是黑旗军的创建者，是农民出身的杰出军事家、政治活动家。在19世纪发生的援越抗法、中法战争中，他率部与帝国主义侵略者进行了殊死的战斗，建立了卓越的功勋，成为我国近代史上著名的民族英雄，为后世所景仰。

《矢志变法强国家——戊戌变法领袖康有为》

康有为是清末民初最有影响力的思想家之一。他领导了中国知识界的启蒙运动，掀起了一场自上而下的政体改革。他最早在中国提出了立宪政体和具体的宪政方案，主张在坚持儒家传统和帝制的前提下，学习西方经验，他的进步思想对近代中国具有深远的影响。

《开民智以报国　普新知而图强——戊戌变法思想家梁启超》

梁启超，中国近代史上著名的政治活动家、启蒙思想家、史学家、文学家，戊戌变法领袖之一。本书以百日维新思想家梁启超的成长过程为线索，以代表性的历史故事为主要内容，还原真实的历史事件，突出鲜明的人物性格。

《我自横刀向天笑——维新志士谭嗣同》

谭嗣同在民族危机的严重时刻，投身改革救中国的洪流。为了带给祖国一个光明的未来，紧要关头，他挺身而出，用自己的鲜血激励后人，把宝贵的生命献给了变法事业。

《睡乡敢遣警世钟——用生命警策国人的陈天华》

陈天华是民主革命的活动家和宣传家。他写的《猛回头》《警世钟》等书，起到了革命启蒙的重大作用。为了激发留日学生的爱国情怀，他不惜投海自杀，演出了近代史上感人至深的一幕，给后人留下了难忘的印象。

《革命军中马前卒——民主斗士邹容》

革命乃"至尊极高，独一无二，伟大绝伦之一目的"；它是"天演之公例，世界之公理，顺乎天而应乎人"的伟大行动。因此，必须"仗义群兴革命军"。他激情高呼："革命独子万岁！中华共和国万岁！"这就是《革命军》的作者，中国近代著名资产阶级革命宣传家邹容。

《休言女子非英物——鉴湖女侠秋瑾》

为民族解放和妇女解放而英勇斗争的秋瑾，冲破封建礼教的思想牢笼，打碎封建精神枷锁，崇仰真理，追求光明，主张共和，坚持男女平等，最终献出了自己年轻的生命。

《血溅校场　杀身成仁——民主斗士徐锡麟》

本书讲述了反清志士徐锡麟弃文从武、投身反清革命事业，最终被清政府杀害的故事。出于对国家的热爱，徐锡麟献出自己的生命，他的事迹将永远激励后人深切缅怀这位民主革命的先驱。

《生可死耳　我志长存——献身民主的禹之谟》

禹之谟，民主革命党人，同盟会会员，近代资产阶级革命家、实业家。1886年，20岁的禹之谟"提三尺剑，挟一卷书"游历四方，研究西方社会政治学说，忧国忧民之心日趋强烈。戊戌变法失败，他丢掉改良幻想，倡革命救亡之说，走上民主革命道路。

《物竞天择　适者生存——资产阶级启蒙思想家严复》

严复是中国近代著名的启蒙思想家、翻译家和教育家。他长期从事教育和翻译事业，为近代中国人才培养和思想启蒙做出了重要贡献，同时他也为中国的翻译事业和中西思想文化交流做出了重要贡献。

《辛亥革命急先锋——资产阶级革命家黄兴》

黄兴，清末民初资产阶级革命家，中华民国开国元勋。黄兴在武昌首义及辛亥革命时期的爱国表现，与孙中山闻名于当时，常被时人以"孙黄"并称。本书以资产阶级革命活动实干家黄兴的成长过程为线索，歌颂了先辈伟大的爱国主义精神。

《矢志革命　百折不回——近代民主革命家廖仲恺》

廖仲恺追随孙中山踏上了创立民国与捍卫共和制的旧民主主义革命

之路；在新民主主义革命时期，他为建立、巩固首次国共合作和实施三大政策，英勇奋斗，为国殉职，洒尽了一腔热血。

《将军拔剑南天起——护国英雄蔡锷》

蔡锷是中国近代史上的杰出军事家、爱国者。他的一生短暂而伟大。辛亥革命爆发，他毅然投身于革命洪流之中，领导云南重九起义，对武昌起义积极响应。袁世凯窃国复辟、恢复帝制的阴谋暴露出来以后，他又毅然举起了武装讨袁的旗帜。

《反帝反封建运动——五四青年的爱国故事》

五四运动是一次伟大的反帝反封建的爱国运动；是一个伟大的历史转折点；是中国人民的斗争从挫折走向胜利的一个关节点，它为中国的前进开辟了一条全新的道路，拉开了中国新民主主义革命的序幕。

《思想自由　兼容并包——著名教育家蔡元培》

蔡元培是中国近现代著名的民主革命家和教育家，一生经历风雨，却始终信守爱国和民主的政治理念，致力于废除封建主义的教育制度，奠定了我国新式教育制度的基础，为我国教育、文化、科学事业的发展做出了富有开创性的贡献。

《为国家争光　为民族争气——中国铁路之父詹天佑》

詹天佑是我国最早的杰出铁道工程师，因主持建造京张铁路而闻名中外，被誉为"中国铁路之父"。他为祖国的铁路事业贡献了毕生的精力。本书向读者展示了詹天佑热爱祖国、科技兴国的辉煌人生。

《实业救国　衣被天下——轻工之父张謇》

张謇是爱国实业家、教育家。他年轻时中过状元。过了40岁，开始投身工商实业活动中，他的名言是"富民强国之本在于工"。在南通，创办大生丝厂、银行等各种实业。并将创办实业的大部分所得投入教育。他的观点是，教育和实业一样，也是"富强之大本"。

《心向革命　追求光明——平民将军冯玉祥》

冯玉祥将军"是一位从旧军人转变而成的坚定的民主主义战士"。

抗日战争期间，他辗转各地，用实际行动积极抗战。日本战败投降后，他为了断绝美国的援蒋内战，又在美国四处演说，揭露蒋介石统治之黑暗，痛斥美国阴谋分裂中国的不良行为。

《刑场上的婚礼——革命烈士周文雍　陈铁军》

周文雍是广州起义的主要领导人之一。陈铁军出身于华侨商人家庭，却毅然投身革命洪流。1928年1月，两人接受派遣，回到广州假扮夫妻从事革命斗争，却不幸被捕。临刑前，两位烈士将敌人的枪声当作自己婚礼的礼炮，用生命和爱情谱写出一曲千古绝唱。

《星星之火　可以燎原——井冈山斗争的故事》

1927—1929年，毛泽东、朱德等老一辈革命家，在井冈山创建了农村革命根据地，进行了艰苦卓绝的斗争，建立了新型革命武装，点燃了工农武装革命之火，找到了农村包围城市最后夺取政权的中国革命的正确道路。

《新民学会的主要发起人——中国共产党早期革命家蔡和森》

蔡和森青年时期曾与毛泽东等人一起组织进步团体新民学会，参加五四运动，并在赴法国勤工俭学时研读大量马克思主义著作，回国后以满腔热忱投身革命事业，成为中国共产党早期重要的理论家和宣传家。

《威震黄浦江畔　高奏抗日壮歌——一·二八淞沪抗战》

面对日本侵略者的挑衅，十九路军在蒋光鼐、蔡廷锴的带领下，高举义旗，奋力一搏。一·二八淞沪抗战，是中国军人捍卫军人荣誉和祖国尊严所发出的吼声，谱写了一曲抗击日军侵略的英雄壮歌。

《将军恨不抗日死——慷慨就义的吉鸿昌》

在国难深重的20世纪30年代，吉鸿昌将军因拒绝执行国民党指示，坚决不打内战，被迫携眷出国"考察"。回国后，他加入中国共产党，组织了民众抗日同盟军，英勇打击日本侵略者，后于1934年11月被国民党反动派杀害。

《献身革命 甘于清贫——梅岭忠魂方志敏》

大革命失败后，方志敏凭着"两条半步枪"起家，身经百战，创建了赣东北革命根据地和红十军。本书真实记录了方志敏投身于革命、领导红军和敌人进行艰苦卓绝斗争的经历，歌颂了烈士贫贱不移、威武不屈、献身革命的高尚品质。

《奏响中华最强音——人民音乐家聂耳》

聂耳在他有限的生命中创作了数十首革命歌曲，在抗日救亡运动中，聂耳的这些歌曲产生了广泛深远的影响。他的音乐创作为中国无产阶级革命音乐的发展指明了方向，树立了榜样。

《横眉冷对千夫指——中国文化革命主将鲁迅》

鲁迅不但是伟大的文学家，而且是伟大的思想家和伟大的革命家。在那风雨如晦的黑暗年代里，他以笔为投枪，同一切帝国主义和反动派进行了顽强的战斗，为中国人民树立了一个不朽的丰碑。他是新文化战线上的一面光辉旗帜，是我们伟大民族的灵魂。

《铁流两万五千里——红军长征的故事》

红军长征是人类历史上的一次伟大的壮举。第五次反"围剿"失败后，中国工农红军的三大主力在极端艰难的条件下，突破国民党军队的围追堵截，进行了史无前例的战略大转移，总行程达两万五千里以上。途中发生了许多动人故事，至今令人难以忘怀。

《荣辱不移革命志——创建陕北红军的刘志丹》

刘志丹是杰出的无产阶级革命家、军事家，西北红军和西北革命根据地的主要创始人之一。他一生热爱人民，追求真理，英勇善战，百折不挠，艰苦奋斗，忠心赤胆，为创建红军和革命根据地、为中国人民的解放事业建立了不可磨灭的功勋。

《英名永存北平城——爱国将领佟麟阁 赵登禹》

1937年7月28日，日军向北平郊区发动进攻。第二十九军副军长佟麟阁奉命在南苑率部与日军苦战，腿部受伤，头部被敌机炸伤，壮烈殉国。第一三二师师长赵登禹指挥部队顽强抵抗日军，右臂中弹负伤，仍继续作战。后在转移途中遭日军截击而牺牲。

《八百壮士 四行仓库铸军魂——谢晋元和他的战友们》

八一三抗战，中国军人以血肉之躯揭开全面抗战的帷幕。这是一场血战，是中国军人不屈不挠的英雄诗篇，其中的八百壮士守四行，成为这首英雄颂歌中最动人、最凄美的音符。一曲四行保卫战，铸就了不屈的军魂。

《八女投江 气贯长虹——八位抗联女战士》

抗日战争时期，以冷云为首的东北抗日联军8名女战士，为捍卫民族尊严，面对凶残的日寇，镇定自若，宁死不屈，投江殉国，表现了中华民族同敌人血战到底的英雄气概。她们的光辉形象，激励着千千万万的后来人。

《艰苦抗战 威震敌胆——著名抗日英雄杨靖宇》

杨靖宇将军是我国著名的抗日民族英雄。曾先后担任磐石游击队政治委员、东北抗日联军第一军军长兼政委、抗日联军总司令等职。领导军民对日寇坚持了长达9个年头的艰苦卓绝的斗争，最终以身殉国。

《死也不当亡国奴——镜泊抗日英雄陈翰章》

陈翰章，从1932年8月投笔从戎，直到1940年12月8日为抗击日本侵略者，战死在镜泊湖畔。他在抗日疆场上奋战了九年，他那可歌可泣的英雄事迹将为人们永世传颂。

《名将殉国 气壮山河——抗日将军张自忠》

著名抗日将领、民族英雄张自忠，生于忧患的时代，抱有"宁为百夫长，胜作一书生"的志向，经历过失败与低谷，最终成就了慷慨人生。本书主要以人物活动为主，勾画出一个真正的"民族魂"鲜活的人生，会带给读者振奋的力量。

《宁死不辱战士名——狼牙山五壮士》

1941年日寇在河北易县"扫荡"。为掩护群众和主力部队撤退，五位八路军战士毅然把敌人引上了狼牙山棋盘坨峰顶绝路。弹尽粮绝、无路可退，五位英雄纵身跳下了万丈悬崖，用生命和鲜血谱写出一曲惊天地泣鬼神的壮举。

《太行浩气传千古——抗日名将左权》

左权，中国工农红军和八路军高级指挥员，著名军事家。是八路军在抗日战场上牺牲的最高指挥员。名将阵亡，太行山为之垂首，全党为之悲痛。周恩来称他"足以为党之模范"，朱德赞誉他是"中国军事界不可多得的人才"。

《虎将兴关外　抗倭统雄师——抗联英雄赵尚志》

本书描写了久经考验的共产党员、东北抗联的创建者和主要领导人赵尚志，在艰苦卓绝的条件下，坚持抗战，威震敌胆，战功卓著，忍辱负重，忠贞不屈，为国捐躯的英雄故事，为青少年读者呈上一部爱国主义的佳作。

《黄埔之英　民族之雄——抗日名将戴安澜》

抗日名将戴安澜，先后参加保定、漕河、台儿庄、武汉、昆仑关等战役，作战英勇，屡建奇功；入缅作战，"扬威国外，藉伸正义"；守东瓜，复棠吉；殒身缅北，遗恨丛林，马革裹尸，成就了光辉的一生。

《爱国志士　民主先锋——新闻出版家邹韬奋》

本书讲述了邹韬奋献身新闻出版事业的奋斗历程，展现了一位新闻工作者坚定的革命信念和炽热的爱国主义精神，全心全意为人民服务、为读者服务的奉献精神，歌颂了他的高尚情操和优良品质。

《为抗战发出怒吼——人民音乐家冼星海》

人民音乐家冼星海，青年时期在巴黎求学，饱尝屈辱与磨难；学成后毅然回到多灾多难的祖国，用满腔热忱谱写激昂的音乐，鼓舞中华儿女的斗志；奔赴延安，谱写出不朽的名作《黄河大合唱》，发出中华民族抗日救亡的怒吼。

《全民皆兵　抗击日寇——抗日战争的故事》

中国人民进行的十四年抗战，是一百多年来中国人民反对外敌入侵第一次取得完全胜利的民族解放战争。这场战争是以国共两党合作为基础，有社会各界、各族人民、各民主党派、抗日团体、社会各阶层爱国人士和海外侨胞广泛参加的全民族抗战。

《捧着一颗心来　不带半根草去——人民教育家陶行知》

陶行知是我国现代教育史上伟大的人民教育家、教育思想家。他从青年起就立志献身教育事业，以"捧着一颗心来，不带半根草去"的赤子之心，为人民的教育事业鞠躬尽瘁。

《为民主与和平拍案而起——民主斗士闻一多》

闻一多早年与梁实秋等人发起成立清华文学社。赴美留学期间由对祖国的深深眷恋而创作著名的《七子之歌》。后在西南联大任教8年，积极投身于抗日运动和争取民主的斗争，发表了著名的《最后一次讲演》。

《铁窗难锁钢铁心——革命先烈王若飞》

王若飞是我党早期杰出的无产阶级革命家。在艰苦卓绝的斗争中，他出生入死，屡建奇功，以超人的睿智和胆略，在敌人的监狱中，同敌人展开了殊死的较量，为抗战的胜利和新中国的诞生做出了卓越的贡献。

《横扫千军　还我河山——抗联名将李兆麟》

李兆麟是东北抗日联军创建人之一，他率领抗日联军历尽千难万险与日本侵略者浴血奋战，在极其艰苦的条件下，保存了抗日联军的有生力量，为东北光复做出了重大贡献。

《锄头开出新天地——解放区大生产运动》

为了解决困难，渡过难关，党中央号召党政军民齐动手，开展大生产运动。中国共产党在其控制区域内发动的一场军队屯田和鼓励生产的群众运动，达到了自己动手丰衣足食，共度难关，既进行革命又进行生产自足的目的。

《生的伟大　死的光荣——女英雄刘胡兰》

刘胡兰，坚贞不屈的少年女英雄。生前对我国劳动人民的解放事业无限忠诚，在敌人威胁面前，大义凛然，毫无惧色，英勇牺牲，表现了共产党员的高贵品质。

《饿死不领美国救济粮——爱国知识分子的楷模朱自清》

朱自清作为爱国知识分子的典型，以锐利的笔锋直言痛斥反动政府的暴行，体现了他崇高的爱国情怀和不畏恶势力的精神品格。毛泽东曾给朱自清先生以高度评价："一身重病，宁可饿死，不领美国的'救济粮'"，"表现了我们民族的英雄气概"。

《为了新中国前进——舍身炸碉堡的董存瑞》

伟大的英雄，中国人民的儿子董存瑞，从儿童团长成长为一名光荣的解放军战士，在1948年解放隆化县城时，舍身炸碉堡，为新中国献出了自己年轻的生命。他的英雄形象永远留在人民心里。

《宁死不屈的共产党员——革命烈士江竹筠》

江竹筠，就是著名的江姐。1947年春，她负责《挺进报》工作，只几个月的时间，报纸就发行到1600多份，引起了敌人的极大恐慌。由于叛徒出卖，江姐不幸被捕，惨遭毒刑的残酷折磨，仍坚贞不屈。最后被特务秘密枪杀，年仅29岁。

《抗美援朝　保家卫国——志愿军的战斗故事》

抗美援朝战争是中国人民志愿军为援助朝鲜人民、保卫祖国安全，与美国为首的"联合国军"发生的战争。在朝鲜牺牲的志愿军烈士们，他们英勇的战斗事迹、保家卫国的精神值得我们发扬光大。

《上甘岭上壮烈歌——黄继光和他的战友们》

在1952年10月的上甘岭战役中，黄继光和他的战友们在零号阵地半山腰被敌机枪火力点压制，此时，黄继光身上已经多处负伤，手雷也已全部用光。为了完成任务，减少战友的伤亡，他用自己的胸膛堵住正在扫射的敌机枪射孔，为反击部队扫清了前进的道路。

《诗书印画　全入神品——国画大师齐白石》

　　齐白石出身贫寒，做过农活，当过木匠，后改学雕花木工，从民间画工入手，摹古人真迹，学诗文书法，融汇古今，而诗、书、印、画俱佳；他将中国画的精神与时代的精神统一得完美无瑕，使中国画得到国际的重视，无愧于"国画大师"的称号。

《毕生为文化而奋斗——中国第一出版家张元济》

　　张元济参与、主持和督导商务印书馆近六十年，使其从简单的印刷企业转变为当时中国教育出版的旗帜。张元济一生爱书，在中华大地动荡不安的年代里，他用自己对文化的热爱，续存着中华民族灿烂悠久的文明之光。

《独树一帜　梨园大师——著名京剧表演艺术家梅兰芳》

　　梅兰芳，京剧大师，演唱风格独树一帜，世称"梅派"。曾先后赴日本、美国、苏联演出，并荣获美国波摩那学院和南加州大学的荣誉文学博士学位。作为一位爱国者，抗战期间蓄须明志，拒绝为日本人演出，为后世称颂。

《华侨旗帜　民族光辉——爱国侨领陈嘉庚》

　　陈嘉庚是著名的爱国华侨领袖、企业家、教育家、慈善家、社会活动家。他为辛亥革命、民族教育、抗日战争、解放战争、新中国的建设做出了卓越的贡献。生前被毛泽东誉为"华侨旗帜、民族光辉"。

《向雷锋同志学习——伟大的共产主义战士雷锋》

　　雷锋，一个平凡而伟大的共产主义战士，一心向着党，一生秉承着全心全意为人民服务、无私奉献的崇高思想；发扬刻苦学习和钻研理论的"钉子"精神；坚持勤俭节约、艰苦奋斗的优良作风。毛泽东为其题词："向雷锋同志学习。"

《人民的好公仆——县委书记的好榜样焦裕禄》

　　焦裕禄，被誉为县委书记的好榜样。他用自己的革命精神，展开了与大自然、与社会落后现象、与病魔的多重抗争，让我们领略到一个共产党人的生之伟大、死之壮美的人格品质和具有现实教育意义的精神魅力。

《文学巨匠　京味大师——人民作家老舍》

老舍是我国现代小说家、文学家、戏剧家。他用融入骨髓的真诚文字反映生活的喜怒哀乐。老舍的一生，总是在忘我地工作，他是文艺界当之无愧的"劳动模范"，生前被北京市人民政府授予"人民艺术家"的称号。

《革命老人——无产阶级教育家徐特立》

徐特立是一代伟人毛泽东的老师。他出生在贫苦家庭，大部分时间生活在动荡艰苦的年代；他刻苦勤奋，不畏艰辛，追求光明，一生勤俭，为革命培养了大量的人才；他对党和人民任劳任怨，鞠躬尽瘁。他坎坷奋斗的一生，留下了许多可歌可泣的故事。

《人生能有几回搏——新中国第一个世界冠军容国团》

容国团先后担任中国乒乓球队运动员、女队主教练。获得1959年男子单打世界冠军；1961年夺得男子团体世界冠军；作为中国女队主教练，1965年率女队第一次夺得女子团体世界冠军。他的"人生能有几回搏"的豪言，举国传诵。

《石油工人一声吼　地球也要抖三抖——铁人王进喜》

王进喜，新中国第一批石油钻探工人。他为祖国石油工业的发展和社会主义建设立下了不朽的功勋，在创造了巨大物质财富的同时，还给我们留下了宝贵的精神财富——铁人精神。他被评为"百年中国十大人物"，写入中华民族的光辉史册。

《做人民需要我做的事——著名地质学家李四光》

李四光是一位伟大的科学家，他一生从事地质学研究工作，足迹遍布祖国的山川，为祖国探明了许多地下宝藏；他创建了崭新的学说——地质力学；他历尽重重困难，为正确认识地质构造开辟了一条新路。

《中国化学工业的先驱——著名化学家侯德榜》

为摆脱纯碱需要进口的窘况，20世纪初，怀着"实业救国"梦想的中国化工先驱侯德榜等人创办了永利碱厂，并立志生产出中国人自己的碱。1926年，永利碱厂终于成功地生产出"红三角"牌纯碱，从此中国制碱业得以跨入世界先进行列。

《毕生求是　一丝不苟——著名科学家竺可桢》

著名科学家竺可桢献身科学研究；治学严谨，一丝不苟；一生廉洁，两袖清风；作风民主，爱护学生。他以爱国之心、报国之志，从一个民主主义者逐渐成长为一个共产主义战士。

《热爱自然的大地之子——著名植物学家蔡希陶》

蔡希陶，五十载风雨，五十载坎坷，五十载奋斗，五十载开拓，为了发现对人类生产、生活有用的植物及新物种的引进而做出巨大贡献，在中国的植物资源学史上将永远镌刻着他的名字。

《高洁无私的襟怀——知识分子的楷模蒋筑英》

蒋筑英是中国当代知识分子的先锋典范，他不为名，不为利，尊重科学；他以坚忍的毅力和顽强的作风，在科学的道路上呕心沥血，鞠躬尽瘁，无私地奉献了青春和生命。

《迎接新生命的天使——卓越的妇产科专家林巧稚》

林巧稚是国内外享有盛誉的妇产科专家。在五十多年的医学教育和临床实践中，林巧稚亲自接生了五万多婴儿，治愈了数千病人，培养了数以百计的专门人才，为我国的妇女儿童事业做出了不可磨灭的贡献。

《独自成千古　悠然寄一丘——国画大师张大千》

张大千是20世纪中国画坛最具传奇色彩的国画大师，无论是绘画、书法、篆刻、诗词无所不通。在艺术界深得敬仰和追捧，艺术家们用真挚的感情，用绘画和雕塑展现了"张大千"多彩的艺术形象。

《建造中国的通天塔——著名数学家华罗庚》

中国当代著名数学家华罗庚，为中国数学的发展做出了无与伦比的贡献，他是中国解析数论、典型群、矩阵几何等多方面研究的创始人与开拓者，也是我国最早将数学理论研究与生产实践紧密结合的科学家。

《问鼎长天　强我国威——两弹元勋邓稼先》

邓稼先是我国著名科学家，参加组织和领导我国核武器的研究、设计工作，从对原子弹、氢弹原理的突破和试验成功及其武器化，到新的核武器的重大原理突破和研制试验，作出了重大贡献。是我国核武器理论研究工作的奠基者之一，被誉为"两弹元勋"。

《敢叫天堑变通途——桥梁专家茅以升》

中国著名的桥梁专家茅以升从小立志为祖国建造桥梁，经过不懈努力，他不仅设计建造了一座座宏伟壮观、坚固实用的道路桥梁，而且搭建了一座座友谊之桥，为祖国建设作出了卓越贡献。

《蘑菇云之梦——核物理学家钱三强》

被誉为"中国原子弹之父"的核物理学家钱三强，更名后立志于科技报国；24岁投师于世界著名核物理学家居里夫妇；与夫人何泽慧合作，发现铀的"三分裂""四分裂"现象；统领我国的原子大军，做了大量创造性工作。

《两离桑梓地　满怀雪域情——领导干部的楷模孔繁森》

孔繁森，是一位一尘不染、两袖清风的好干部。两次进藏工作，历时十载，为西藏的建设、发展和稳定作出了突出的贡献。1994年11月，孔繁森不幸以身殉职。人民群众称他为新时期领导干部的楷模。

《摘取数学皇冠上的明珠——著名数学家陈景润》

陈景润是享誉世界的数学家，为了证明"哥德巴赫猜想"，他以惊人的毅力在数学领域里艰苦跋涉，终于攻克了世界著名数学难题"哥德巴赫猜想"中的"$1+2$"，创造了中国乃至世界数学史上的辉煌。

《学术独步　饮誉四海——享有国际威望的科学家卢嘉锡》

卢嘉锡是一位在国际科学界享有崇高威望的物理化学家、化学教育家和科技组织领导者。1945年，卢嘉锡满怀"科学救国"的热忱回到祖国，对中国原子簇化学的发展起了重要推动作用，他所指导的新技术晶体材料科学研究，也取得了重大成绩。

《德艺双馨　梨园楷模——著名豫剧表演艺术家常香玉》

常香玉1941年赴陕甘演出。1948年在西安创办香玉剧社。1951年为支援抗美援朝，率剧社巡回西北、中南、华南各地演出，以演出收入捐献"香玉剧社号"战斗机一架，素有"爱国艺人"之誉。

《文学大师　激流勇进——著名作家巴金》

本书以巴金生平和主要事迹为线索，回顾和展示现代著名作家巴金的一生，以期让人们看到巴金在这风云变幻的100多年中，有过成功的欢欣，有过屈辱的磨难，有过痛苦的忏悔，有过平静的安宁。巴金的人生，映照着一代中国五四知识分子坎坷而不平凡的命运。

《壮心系科学　孜孜为国昌——理论化学家唐敖庆》

本书讲述了唐敖庆从出国求学、学业有成、回国任教，到服从安排、艰苦工作、刻苦钻研，最终成为中国量子化学奠基者的过程。让人们看到了这位著名化学家的赤心爱国、严谨治学、大公无私的崇高品格和科研上的卓越成就。

《中国导弹之父——著名科学家钱学森》

当第一颗原子弹升空的时候，当中国的人造卫星奏响《东方红》的时候，当中国运载火箭腾空而起的时候，当中国研制的导弹准确命中目标的时候，人们都会想起他的名字：中国导弹之父钱学森。

《中国近代力学的奠基人——著名科学家钱伟长》

钱伟长曾以中文和历史两个100分的成绩考入清华大学。九一八事变后，钱伟长毅然放弃了文科的学习而转为理科。他是中国近代力学、应用数学的奠基人之一，在固体力学、流体力学以及航空航天领域，取得了卓越的成就，为新中国的现代化建设付出了毕生的精力。

《中国光学科学的奠基人——著名科学家王大珩》

王大珩是我国著名的科学家，中国光学科学的奠基人。他先在清华就读，后赴英国求学，学业有成，立志科学救国，其成就享誉神州。他以科学的求是精神和赤诚的爱国情怀，探索着中国光学发展的闪光之路。